D B A

CB054138

Vera Giaconi

Entes queridos

Tradução

Bruno Cobalchini Mattos

1ª edição

PREPARAÇÃO
Silvia Massimini Felix

REVISÃO
Débora Donadel
Pamela P. Cabral da Silva

CAPA
Beatriz Dórea
Gustavo Paim

Impresso no Brasil/*Printed in Brazil*

Alameda Franca, 1185, cj 31
01422-001 — São Paulo — SP
www.dbaeditora.com.br

Dados Internacionais de Catalogação na Publicação (CIP)
(Câmara Brasileira do Livro, SP, Brasil)

Giaconi, Vera

Entes queridos / Vera Giaconi ; tradução Bruno Cobalchini Mattos.
1ª ed. — São Paulo: DBA Editora, 2021.

Título original: Seres queridos

ISBN 978-65-5826-025-7

1. Contos uruguaios I. Título.

CDD- ur863

Índices para catálogo sistemático:
1. Contos : Literatura uruguaia ur863
Maria Alice Ferreira - Bibliotecária - CRB-8/7964

E considerou a cruel
necessidade de amar.
Considerou a malignidade
de nosso desejo de ser feliz.
Considerou a ferocidade
com que queremos brincar.
E o número de vezes em
que mataremos por amor.

CLARICE LISPECTOR,
"A MENOR MULHER DO MUNDO"

Sumário

SURVIVOR

Minha irmã está saindo com um cara que ficou famoso ao participar de um *reality show* nos Estados Unidos. Conheceu-o no café onde ela trabalha, em Los Angeles, lugar em que mora desde quando me disse, em 2002, que não aguentava mais ficar aqui e foi embora. Ela o atendeu como atendia todos seus clientes e, depois que o cara foi embora, as colegas da minha irmã se amontoaram ao seu redor e uma delas disse: "Não reconheceu? Era o Ozzy, do *Survivor*". Minha irmã nunca tinha visto o programa (nem eu), exceto por um ou outro episódio de uma das primeiras temporadas, e por isso não entendeu naquele momento o alvoroço em torno de *Survivor* nem o motivo para suas colegas ficarem tão empolgadas por causa de alguém tão obsoleto como um ex-participante de *reality show*.

No dia seguinte, Ozzy voltou e minha irmã bem que gostaria de tê-lo atendido como atendia todos seus clientes, mas dessa vez não pôde conter um comentário sobre o livro de tubarões que ele estava folheando e ela conhecia bem (eu havia lhe dado esse livro de presente no seu aniversário de quinze anos; um livreiro tinha me dito que era um clássico, com densidade de informações mas que também servia a amadores, e logo se tornou o preferido dela e o primeiro de uma coleção de vinte títulos sobre o assunto). Minha irmã me disse que sentira certa emoção ao ver que mais alguém no mundo tinha aquele livro, só isso, e sua emoção não tinha nada a ver com o fato de esse alguém ser o Ozzy de *Survivor*, porque para ela *Survivor* não significava nada. E me lembrei de uma nota que havia lido em uma revista: só agora, quase aos sete anos de idade, os filhos de Ricky Martin haviam descoberto quem "é" seu pai: "Você é o Ricky Martin?", perguntaram espantados depois de ver pela primeira vez um de seus shows da plateia, e não de uma lateral do palco.

Ou seja, minha irmã não tinha nada para dizer sobre o Ozzy de *Survivor*, mas falava muito em Ozzy, o rapaz que ia quase todos dias ao café e lhe parecia irresistível: bonito, com cara de bom sujeito, simples e muito simpático. Pouco a pouco, e apesar da timidez dos dois, foram encontrando coincidências e desculpas para se ver quando ela saía do trabalho.

Por tudo o que minha irmã foi me contando dele a partir dali, fui levada a pensar que eram feitos um para o outro, especialmente porque as maiores expectativas de vida de ambos eram realizáveis e isso os tornava pessoas propensas à felicidade.

Um dia, minha irmã me disse que estava apaixonada. Completamente apaixonada, disse. "E ele?", perguntei, preocupada, porque o estado de paixão costuma deixá-la muito vulnerável. Ela me disse que só se pode estar serena e apaixonada ao mesmo tempo quando existe reciprocidade. E então me lembrei de que o amor também a deixa um pouco piegas.

Eu havia buscado "Ozzy" e "Survivor" no Google logo que ela o mencionou pela primeira vez. Vi várias de suas fotos, para ter uma ideia de sua aparência, e li algumas notas avulsas e comentários de fóruns para tentar averiguar que tipo de pessoa ele era (eu sabia que minha irmã jamais participaria de algo assim, e me pareceu um desperdício não aproveitar a vantagem que ganhávamos por ele ser muito conhecido). Preocupava-me um pouco imaginar minha irmã, tal como é, tão cândida às vezes, dentro da vida de um quase famoso.

Logo descobri que Ozzy era um personagem bastante popular do *reality show*, não um participante qualquer, que a maioria dos espectadores do programa tinha uma opinião sobre ele, e que, o mais estranho de tudo: quase todos tinham opiniões iguais, muito embora alguns vissem certas características suas como virtudes, posicionando-se em seu favor, enquanto outros, com base nessas mesmas características, opunham-se a ele.

Nessa rápida pesquisa, descobri também que na realidade Ozzy se chamava Oscar, que havia nascido em Guanajuato, México, e que não participara de uma, mas de três edições do programa. Aparentemente, após a primeira participação ele se tornou uma espécie de participante-estrela, um favorito do público, que votava nele sempre que os produtores do programa decidiam fazer uma temporada especial com o regresso de alguns dos antigos "náufragos". Assim, após sua primeira aparição em *Survivor: Cook Islands*, ele voltou a participar em *Survivor Micronesia: Fans vs. Favorites* e, mais tarde integrou a edição *Survivor: South Pacific*.

O prêmio do programa, entregue a um único ganhador dentre os vinte participantes, é de um milhão de dólares. Ele nunca ganhou o prêmio e só chegou à final na primeira vez, embora nas outras duas edições tenha integrado o "jurado" (o grupo dos últimos sete participantes recém-eliminados que deve votar para escolher o vencedor). Duas vezes, na primeira e na última, ganhou o prêmio de cem mil dólares de "Survivor favorito" — o único decidido pelo voto popular. Aparentemente, para a audiência, Ozzy era a máxima expressão de um sobrevivente, e o premiavam por ser um verdadeiro Robinson Crusoé capaz de trepar em árvores feito macaco, prender a respiração debaixo d'água por mais de três minutos e acertar com o arpão peixes de mais de um quilo. Além disso, vencia todas as provas físicas que os participantes precisavam enfrentar para ganhar "imunidade" ou "recompensas". Assim conseguia avançar muito no jogo, mas aparentemente sua falta de malícia, sua arrogância e sua incapacidade de manipular os outros e antever traições sempre o deixavam de fora do grande prêmio. Claro que, para seus fãs, tudo isso fazia dele um autêntico "campeão moral" do jogo.

Para seus detratores, eram as marcas de um pusilânime atlético e descerebrado. *Survivor* desperta grandes paixões junto ao público dos Estados Unidos, que usava essas e outras expressões, e inclusive algumas mais exageradas ou cruéis, para argumentar contra ou a favor de Ozzy (e de qualquer outro personagem mais ou menos marcante).

Eu havia tentado algumas vezes fazer com que minha irmã me falasse sobre Ozzy e sua experiência no programa, sobretudo do que ele pensava de sua incapacidade de ganhar o milhão, mas ela se recusava a falar sobre o Ozzy de *Survivor*. Na verdade, um tempo depois passou a chamá-lo de Oscar. Não se interessava por nada relacionado à passagem dele pela televisão. Parecia até sentir certa repulsa desse aspecto seu, mas se negava a admiti-lo abertamente.

Foi mais ou menos na época em que ela começou a chamá-lo de Oscar que decidi que chegara o momento de ver *Survivor*.

Eu não podia viajar, com meu salário era impossível sequer pensar em comprar uma passagem para os Estados Unidos. Mas o fato de ele ter passado tantas horas sendo "ele mesmo" num reality show televisivo me dava uma oportunidade para conhecer em plena ação o sujeito com quem minha irmã passava cada vez mais tempo. Nas últimas vezes que nos falamos ele estava com ela: nunca disse nada nem jamais se deixou ver no Skype, mas eu sabia que ele estava ali. Uma vez minha irmã pediu para ele abaixar o volume da televisão; em outra, aos risos, pediu que ele ficasse quieto (talvez estivesse fazendo cosquinhas); e na última vez vi uma das suas mãos, que passou rapidamente em frente ao monitor para juntar uns papéis na escrivaninha.

Sempre que conseguia entender o que estava acontecendo no entorno da minha irmã (não porque ela me contasse diretamente, mas a partir de algum indício), eu ficava mais angustiada pela distância que nos separava. Porque eu jamais vira e jamais estivera nos lugares sobre os quais ela falava comigo. Não conhecia a cafeteria onde trabalhava, nem o apartamento que alugava com uma das meninas do trabalho, nem a escola onde estava estudando confeitaria (minha irmã sempre tinha sido cozinheira de mão cheia, e recentemente havia decidido transformar esse talento natural numa atividade mais oficial e, com sorte, lucrativa). Acho que o Ozzy de *Survivor* teve alguma influência para que minha irmã, sempre tão contrária aos compromissos escolares e rotinas de estudo (foi uma guerra fazê-la terminar o ensino médio), se inscrevesse numa escola de culinária muito prestigiada e participasse das aulas com tanto zelo. E tenho certeza de que ele pagou a matrícula e até as mensalidades. Minha irmã negava tudo. Mas era péssima mentirosa. Usava detalhes para tornar as coisas mais verossímeis, tantos detalhes que algum deles, em algum momento, acabava por delatá-la. Talvez porque meu instinto primordial fosse o de protegê-la, eu nunca dizia nada ao detectar suas mentiras. E quando ela ganhou uma bolsa na faculdade de culinária (bolsa que jamais teriam concedido a uma imigrante sem os documentos em dia), não abri exceção. Apenas dei os parabéns e pensei que a relação devia estar ficando muito séria para que Ozzy fizesse uma coisa dessas. Também pensei que não devia faltar muito para o pedido de casamento. Ele compraria um anel, ficaria de joelhos durante algum jantar romântico, e muito em breve seriam *fiancés*. Era estranho que os ianques tivessem tão enraizada a ideia das três etapas: noivado, compromisso, matrimônio. E embora houvesse nascido no México, Ozzy tinha morado a vida toda nos Estados Unidos e certamente já havia incorporado esses hábitos.

Não foi fácil achar completo e com qualidade decente *Survivor: Cook Island*, o programa de estreia de Ozzy.

A temporada começa com os vinte participantes e o apresentador num barco. Enquanto os competidores se atiram por cima do costado antes que se esgote o tempo para nadarem até as balsas que deverão remar até as ilhas desertas onde eles passarão os trinta e nove dias seguintes, o apresentador explica que é a primeira vez que as quatro tribos iniciais do jogo representam etnias distintas. Ozzy integra a tribo dos latinos. Há também uma tribo de afro-americanos, outra de asiático-americanos e uma de caucasianos.

Essa temporada foi filmada entre junho e agosto de 2006, e Ozzy, com oito anos a menos, era um rapaz de cabelo curto e cacheado, pele bronzeada e corpo ágil, que quase não sorria e falava pouco, embora tenha maquinado com muita rapidez uma forma de se tornar o líder da tribo.

Um dos seus três companheiros, ao vê-lo subir numa palmeira para pegar cocos, afirmou sentir-se diante de uma imagem do *Livro da selva*. "Pensei que era o Mogli trepando nas árvores." Também pescava com muita facilidade usando uma ferramenta que chamavam de arpão havaiano; ainda coordenou a construção do refúgio (fabricado com bambu e folhas de palmeiras) e projetou uma armadilha para caçar galinhas selvagens. No entanto, seus companheiros não confiavam de todo nele, não sabiam dizer porquê, mas não confiavam. Acho que devia ser porque Ozzy parecia desprovido de senso de humor: levava a si mesmo e tudo o que fazia muito a sério, parecia obcecado em ganhar todos os desafios e era autossuficiente a ponto de ser irritante.

Achei que levaria pelo menos uma semana para ver os catorze episódios da temporada. Mas a curiosidade e a própria dinâmica do programa (perfeitamente elaborado para gerar tensão e intriga) me fizeram passar o sábado inteiro em casa. Às duas da manhã eu já tinha visto até a reunião pós-final. Além de uma dor de cabeça insuportável, isso me deu uma ideia bastante clara do que os seguidores de Ozzy haviam visto nele.

Com aspirinas e uma boa noite de sono adentrei o domingo recuperada e ainda mais interessada em conversar com o famoso namorado da minha irmã e saber como ele se sentia tendo perdido o grande prêmio por apenas quatro votos a cinco (o vencedor foi Yul, advogado de origem coreana, que dominou o aspecto social do jogo).

A grande final (quando leem os votos do jurado e anunciam o vencedor) foi filmada num estúdio da CBS em Nova York. Ali estavam reunidos (e já recuperados da sujeira, da fome e das lesões que esgotam fisicamente todos os participantes) os vinte competidores daquela temporada, e tanto eles como o apresentador e o público tinham várias perguntas gerais sobre como ou por que havia acontecido isso ou aquilo, mas todos tinham também uma única grande pergunta para Ozzy: como era possível que um rapaz da cidade, mexicano, com mais de vinte anos, que até então trabalhava como garçom, parecesse nascido para viver e sobreviver numa ilha deserta? Ozzy, sempre sério, escutou a pergunta sem esboçar reação e deu a única resposta que ninguém esperava e com a qual ninguém soube o que fazer: "Sempre li muito", disse. Eu aplaudi. Sentada sozinha, na sala de casa, em frente ao notebook onde o jovem Ozzy contava que *Robinson Crusoé* tinha sido seu primeiro amor e que desde pequeno fantasiara ser abandonado numa ilha deserta, eu aplaudi.

Naquele momento, tive vontade de ligar para minha irmã e pedir, pela primeira vez, para falar diretamente com Ozzy. Queria parabenizá-lo pela resposta, mas também perguntar que outros livros haviam sido importantes para ele (afinal de contas, *Robinson Crusoé* não deixava de soar uma resposta óbvia).

Naquela noite estava cansada, mas decidi que na próxima vez que falasse com minha irmã eu diria que já estava na hora de ela me apresentar ao seu namorado ("gostaria de conhecê-lo um pouco", seria minha desculpa).

Descobri que a temporada *Survivor Micronesia: Fans vs. Favorites* (a segunda participação de Ozzy) estava toda disponível no YouTube.

Durante dois dias, ao chegar da escola onde trabalhava como professora substituta para o terceiro ano, sentei-me diante do computador para assistir ao programa. Sentia-me totalmente imersa. Era a única coisa que tinha vontade de fazer, era a única coisa em que conseguia me concentrar. Tinha uma opinião sobre Ozzy e sobre cada participante, sobre cada aliança, sobre cada eliminado no conselho tribal. Emocionava-me com as provas que valiam recompensas ou imunidade. Os fãs (uma tribo de dez pessoas que nunca havia participado do jogo antes) me pareciam ingênuos, inábeis, fora de lugar. Esperava ansiosa pelos momentos em que as câmeras voltavam à tribo dos favoritos (Ozzy e outros nove ex-participantes), onde até as conversas mais banais podiam repercutir no desenrolar do jogo e onde todos eram extremamente autoconscientes e desconfiados.

Sexta à noite, enquanto terminava de assistir à final, e via e voltava para rever os comentários que Ozzy tecia sobre as duas finalistas antes de emitir seu voto para o milhão de dólares, o telefone da minha casa tocou. Eu sabia que era minha irmã. Desde que me separei de Germán ninguém mais telefona para minha casa a essa hora. Quase não me cumprimentou, disse "fique *on-line*" e desligou.

Ultimamente conversávamos pelo Gmail. Por isso, abri a caixinha de texto e mandei uma mensagenzinha avisando que já estava lá. "Por Skype", respondeu. Eu detestava o Skype. Claro que era bem mais cômodo e fluido do que falar por escrito, mas o problema vinha depois. Encerrar uma conversa por escrito consistia em escrever "Beijos" ou "beijoooooos", ou uma frasezinha na linha "Que saudade" ou "Te amo" (tudo dependia de como fosse a conversa). Desconectar do Skype, dizer "tchau" para minha irmã, que estava ali, na tela, movimentando-se e levando a palma da mão direita aos lábios para me mandar o beijo com o qual sempre se despedia, isso me dava medo. Desconectar da chamada e ficar de frente para a tela escura me aterrorizava. Na minha cabeça havia fabricado a ideia de que fazer isso era como dar ao mundo uma chance de engoli-la; que, do outro lado, a tela preta se transformava numa grande boca que se abria para engolir minha irmã e levá-la para sempre.

Quando nos conectamos, tão logo o rosto da minha irmã apareceu no monitor, percebi que estivera chorando. Perguntei se estava tudo bem. Ela sorriu, um sorriso frágil, e disse: "Convidaram o Ozzy de novo para o programa".

Quando coisas boas aconteciam com minha irmã, eu ficava contente. Ficava contentíssima, inclusive. Mas quando por algum motivo essas boas notícias não se concretizavam ou se voltavam contra ela, eu também ficava contente. E me dava muita vergonha que fosse assim. Sabia que era pura inveja, do pior tipo, e também consequência de algo que eu jamais confessaria a ninguém: não achava que houvesse motivo para que ela se desse melhor que eu. Nessas situações, eu também percebia que continuava ressentida por ela ter partido quando o país se desfazia em pedaços. Eu fiquei, pensava às vezes, e há muito mais mérito em resistir do que em ir para algum lugar onde tudo é mais fácil.

Não havia ninguém no mundo que eu amasse mais que minha irmã, e não havia nenhuma outra pessoa que despertasse em mim sentimentos tão baixos como o rancor e a inveja. Não entendia por que isso acontecia, tampouco me perdoava por isso, e fazia um grande esforço para reprimir isso.

No entanto, quando vi seu desconsolo por Ozzy ter sido convidado pela CBS para uma nova temporada especial de *Survivor*, senti que de alguma maneira torta aquela guinada me parecia justa.

"Não é tão grave", eu disse. E ela desatou a chorar como quando éramos crianças. Depois de se acalmar, me explicou que a temporada se chamaria *Blood vs. Water* e que cada um dos ex-participantes escolhidos pelo público deveria concorrer ao lado de um ente querido. Ozzy queria que minha irmã fosse com ele. "Mas vocês não são parentes de sangue, nem sequer são casados", foi a única coisa que me ocorreu dizer enquanto tentava dar a impressão de que estava do seu lado. Mas ela me disse que dois dos participantes já confirmados iriam com seus namorados. Aparentemente, para os produtores de *Survivor*, "sangue" e "entes queridos" eram a mesma coisa. Eu não concordo com isso.

Não precisei perguntar para saber que minha irmã já havia dito a Ozzy que não queria participar. Restava-me saber como ele havia reagido. "Está furioso", disse minha irmã, e começou a chorar outra vez. "Disse que é seu lugar preferido no mundo, que lá ele é feliz. É ridículo, estamos falando de um programa de televisão." Tentei explicar que ele certamente não estava se referindo ao programa em si, e sim aos locais onde o programa era filmado (em geral, ilhas paradisíacas no meio do Pacífico), onde Ozzy realmente parecia estar no seu ambiente. "Você não conhece ele", disse minha irmã. E segui insistindo que ela muito menos o conheceria de todo até que o visse trepando em árvores, nadando feito um golfinho, abrindo cocos com um machado, que somente então entenderia que, ao fazer isso, ele era feliz. Isso e a competição o faziam feliz. Porque não era como ver um sujeito curtindo férias exóticas, mas sim alguém extremamente competitivo lutando para vencer um jogo em que sabe que é bom, embora não imbatível, e no qual pode se superar. "Todo o conceito do programa é seu lugar no mundo, entende?", eu disse a ela. "E talvez seja uma boa ideia acompanhá-lo. Vocês até poderiam ganhar." Houve um silêncio. Minha irmã me olhava fixamente. Por um momento achei que tinha travado a imagem. A conexão na minha casa era péssima. Mas então ela piscou. "Te odeio", disse-me. E nesse momento não olhava para a minha imagem no monitor, mas para a webcam, para que eu sentisse seus olhos sobre os meus. "Odeio vocês dois", disse, e desconectou.

Tela escura e silêncio. Demorei um pouco para reagir. Não conseguia entender o que tinha acontecido. Dessa vez, ao vê-la chorar assim, eu conseguira me esquecer de tudo e aconselhá-la para o seu bem, até me senti orgulhosa por tê-la incentivado a participar do programa. Afinal de contas, se acabassem ganhando, eu a perderia de vez. Um namorado e um milhão de dólares seriam suficientes para que nunca mais pensasse em voltar. E eu, no fundo, estava sempre à espera de que minha irmã quisesse voltar. Então pensei que ela não estava entendendo de fato a situação, estava cometendo um grande equívoco e eu precisava ajudá-la.

Levou a noite toda, mas encontrei o que precisava. Preparei um arquivo com uma compilação do YouTube que algum fã havia montado com os melhores momentos de Ozzy no programa, mais um pequeno vídeo de um minuto em que Ozzy (entrevistado pouco depois de ser eliminado em *Survivor: South Pacific*) dizia à câmera como era deprimente ter que voltar à sua vida, à cidade, a todas as coisas que ele sentia afastarem-no de seu eu mais verdadeiro. Também havia um terceiro vídeo no qual, durante sua primeira temporada, Ozzy comemorava por ter passado tanto tempo na ilha com gritos de "trinta dias, é incrível", e dizia isso com um inesperado grande sorriso e em espanhol (nunca havia falado em espanhol no programa, e eu sabia que ele e minha irmã só conversavam em inglês). Eu mesma havia compilado o último vídeo com diversas passagens de Ozzy nadando, porque isso era o melhor do melhor de Ozzy.

Vê-lo nadar era lindo. E não era uma questão de admirar a técnica, a velocidade ou a resistência, era simplesmente emocionante. Era como soltar um gato de apartamento, preguiçoso e lento, num jardim desconhecido e vê-lo se transformar instantaneamente em animal selvagem.

Subi os arquivos como anexo de um e-mail em branco e escrevi no título: "Não perca ele". Enviei o *e-mail* e fui dormir. Sentia-me satisfeita comigo mesma. Havia superado meus instintos mais rasteiros e voltara a ser a pessoa que minha irmã merecia, alguém que dá conselhos tendo em vista o melhor para ela e o objetivo mais generoso de todos: sua felicidade (e quem sabe até a do seu "Oscar").

Acordei por volta do meio-dia. Era domingo. Na caixa de entrada havia um *e-mail* da minha irmã. Não uma resposta ao que eu lhe enviara, mas um novo. Abri o *e-mail* e vi que não tinha texto, apenas um vídeo anexado sem título. Fiquei alguns instantes sentada diante do computador sem me animar a abrir o arquivo. Tinha medo de que minha irmã não houvesse entendido o que eu tentara dizer com minha mensagem e agora estivesse ainda mais irritada. Já havia me dito "Te odeio" por pouca coisa. O que viria depois disso?

Acendi um cigarro e dei *play*. O vídeo começava com uma placa onde se lia "Reality show", e continuava com vários fragmentos editados de filmagens muito caseiras. Agora Ozzy tinha o cabelo bem curto e vários quilos a mais que o moço da tevê.

Em todas as tomadas, minha irmã veste roupas que não conheço. Em todas estão filmando um ao outro ou alguém filma os dois juntos em situações muito domésticas. Um café da manhã. A confecção de um cartaz de boas-vindas para alguém que ela nunca mencionou e também não sei de onde poderia estaria voltando. Um brinde a algo importante para a minha irmã de que eu jamais soube nada. Ozzy abrindo os braços e sorrindo para a câmera na entrada de um cinema. Ela com a roupa molhada fingindo irritação enquanto ameaça a câmera com um balde cheio de água. Os dois deitados num parque, sobre o gramado, enquanto um cachorro não sei de quem passa correndo por cima deles, que se contorcem às gargalhadas e se beijam e acenam para quem está filmando. Os dois adormecidos compartilhando um assento de ônibus. Os dois muito sérios e elegantes caminhando como parte do cortejo no casamento de alguém. Os dois na cama, ela segurando a câmera no alto para que capte seus rostos em primeiro plano, nenhum fala mas os dois sorriem, sorriem e respiram ligeiramente agitados e se olham e por fim dizem algo que não dá para escutar.

Isso foi dias atrás e desde então não tive notícias dela. Ainda não respondi. Estou cansada de falar e entender. O que fiz foi mudar a foto em todos os meus perfis, impossível ela não ver. Agora uso uma imagem da grande fogueira que acendem ao final de cada episódio de *Survivor* para o conselho tribal, quando os participantes decidem qual membro da tribo irão eliminar do grande jogo.

DUMAS

Não era um homem muito alto, mas tinha ombros largos, pescoço grosso e uma espessa cabeleira escura. Eternamente bronzeado, embora tivesse dois empregos. Andava com postura muito ereta e olhava de frente, dando a sensação de ser alguém magnífico. O fino bigode preto, o sorriso amplo e a facilidade para vencer o espaço pessoal dos outros acrescentavam a essa primeira impressão uma aparência de confiável. Quem conhecia Dumas já se sentia, poucos minutos depois, amigo querido de um homem poderoso, respeitável, leal. Ria pouco, muito pouco, mas transmitia o ar de uma pessoa alegre, talvez por sua capacidade de desfrutar das coisas: da *siesta*, de fumar, da comida, de dirigir seu grande carro preto pela *rambla*, da sua neta.

Quando seu filho precisou sair do país, a única coisa em que pensou foi na sua neta. A bebê nasceu de cesárea em 15 de outubro de 1974 às três da manhã, e ele a viu antes da mãe e do seu filho. Aproximou-se da maternidade e, como um encantador de serpentes, conseguiu fazer as enfermeiras lhe mostrarem a neta e, contrariando a decisão dos pais, furarem suas orelhas para que pudesse ostentar as gotinhas de ouro que havia comprado para ela.

Desde então, nunca mais a perdeu de vista. Trocou as *siestas* por visitas à casa do filho e viu a neta todos os dias. Todos à exceção de três, quando teve um leve resfriado (ele nunca ficava doente de verdade) e não quis correr o risco de contaminá-la. A garotinha começou a falar aos dez meses e Dumas valorizou cada palavra. A primeira foi "mão". Ou "mãe". Essa era uma das discussões que seguia viva entre ele e seu filho, dentre tantas outras. Comprou um monte de roupas para ela e tirou uma foto nos dias de estreia de cada um dos conjuntinhos. Não ajudava a dar de comer, nem a dar banho, nem a pôr para dormir, mas tinha opiniões a respeito de como fazer melhor cada uma dessas coisas. Preferia que a bebê mudasse de mãos e ficasse sob seus cuidados quando já estava limpa e descansada. Os dois podiam passar horas imersos numa conversa de balbucios que Dumas pouco a pouco reconduzia a palavras mais articuladas. A bebê fazia festa para todas as suas piadas e brincadeiras. Com a neta no colo, Dumas havia assistido aos seus programas preferidos da televisão. Ele a levara para o clube, onde a exibira como o maior dos seus troféus, o que de fato era: uma garota de olhos verdes, muito aberta a desconhecidos, de riso contagiante, cabelo escuro macio e o dom de atrair as atenções de todos. "Igualzinha ao avô", era o que quase todos diziam, inclusive os desconhecidos. Para ele a palavra "avô" era um presente, como se, aos cinquenta e nove anos, o que estivessem lhe dizendo fosse na verdade "bom trabalho", ou "missão cumprida", e tudo isso provocava nele o efeito não tanto de um elogio, mas algo mais parecido com o alívio, embora dotado de certa carga de ansiedade, como se também lhe estivessem dizendo "pode morrer tranquilo".

Quando sua nora, gravidíssima, enfim aceitou contar os nomes em que tinham pensado (estavam indecisos entre dois masculinos, mas já haviam escolhido o de menina), Dumas imaginou que seria difícil sentir como parte do seu clã alguém chamado Suli. Dispondo de tantas boas opções (como Natalia, Claudia, María José, Romina), ele não conseguia entender como nem por que "sua" neta teria que andar pelo mundo carregando aquele nome sem sentido. Mas assim que pegou a bebê nos braços e sua nora disse: "Dê oi pro vovô, Suli", tudo mudou. Porque a palavra "vovô" e as quatro letras que formavam o nome da neta foram ditas juntas e houve uma perfeita comunhão. Suli nunca mais voltou a ser um nome. Suli e a bebê eram uma só coisa, uma não existia sem a outra e, para ele, eram completamente irresistíveis.

Um dia, alguém do clube, talvez Helguero, que era quem sempre ficava pensando nas coisas, perguntou o que significava Suli. Dumas improvisou: "Quer dizer Luz". Os cinco homenzarrões que compartilhavam a mesa com eles emitiram ao mesmo tempo um ruído muito parecido com um suspiro e repousaram o olhar perdido sobre o avô e sua neta. Dumas sentiu os olhares sobre eles e sentiu também que uma aura de energia os envolvia, ele e a bebê, protegendo-os de tudo.

"A energia da felicidade", disse-lhe uma vez Nilda, entre os lençóis úmidos de suor e o ar carregado de fumo. "Você era um homem satisfeito, mas agora está feliz", disse, e lhe deu as costas para se levantar e abrir um pouco a janela. Por ela entrou um ar fresco e leve, próprio do outono, e Dumas olhou as costas de Nilda e teve vontade de mordê-la. Até chegou a se mover alguns centímetros na cama para se aproximar dela, mas Nilda, que sabia como transformar o clima em questão de segundos, cobriu-se com um roupão felpudo, acendeu a lâmpada de cabeceira e disse: "Agora você precisa ir".

Naquela noite, Dumas teria preferido passar no seu filho e ver Suli por mais alguns segundos antes de voltar para casa, mas eles não estavam em casa, tinham avisado que dormiriam nuns amigos. Dumas não gostava que levassem Suli a esse tipo de reunião, mas nunca disse nada: as discussões com seu filho estavam subindo de tom, com argumentos cada vez mais carregados de ressentimento, de reprovações, de desconfiança. Sua esposa lhe dissera: "Deixe o menino em paz"; Nilda, por outro lado, havia aconselhado que escolhesse suas batalhas. Embora os dois conselhos levassem a um mesmo resultado, foi a Nilda que Dumas deu ouvidos.

E foi nessa escolha de batalhas que ele se concentrou quando sua nora apareceu certa noite com duas malas, Suli nos braços e o rosto brilhoso de suor, para dizer que seu filho havia precisado fugir do país. "Dar no pé", disse, uma palavra que soava muito fora de tom vinda daquela jovem. Estava tudo decidido, ou pior, tudo consolidado, pensou Dumas. Ele precisou se conter para não gritar com a esposa, que naquele momento começou a berrar "eu sabia', "eu sabia". Dumas, ao contrário, manteve-se calmo. Pediu à nora que colocasse Suli para dormir na cama de casal e disse à esposa que fechasse o bico de uma vez, o que bastou para que ela desse meia-volta e se enfiasse na cozinha batendo a porta. Os minutos que sua nora levou para fazer a bebê dormir e dar algumas ligações foram suficientes para que Dumas decidisse exatamente o que devia dizer. Porque ele tinha muito a dizer, mas, agora mais que nunca, devia escolher e propor apenas a discussão em que teria alguma chance. Sua nora voltou à sala e Dumas olhou para ela demoradamente, como se tivessem acabado de ser apresentados.

Aquela jovem era uma das poucas pessoas com quem não se sentia de todo cômodo, porque sabia que não havia conseguido enfeitiçá-la, que ela conseguia vê-lo pelo direito e pelo avesso, e porque certamente havia sido contaminada pela montoeira de ideias que seu filho acabara formando a seu respeito e que Dumas já não era mais capaz de reverter. Nascida e criada numa cidadezinha de interior, a garota sabia se manter tranquila mesmo parecendo estar sempre alerta. Era alta e magra, mas forte. Uma vez, ele a escutara contar que havia passado a metade da vida nadando em rios. Dumas a considerava a pessoa mais polida que conhecia. Quando estava na sua presença, sentia o impulso de baixar um pouco a voz, de suavizar seus modos. Jamais havia tocado nela senão por acidente. Não parecia o tipo de mulher que precisa de um homem, como sua esposa, nem do que não precisa de um para nada, como Nilda. E nesse momento, quando se sentou diante dele abraçando a si mesma, como se o ar da casa houvesse esfriado de repente, Dumas sentiu que precisaria fazer seu máximo esforço para vencer algumas das suas barreiras e conquistar sua confiança.

— Me dê licença um instantinho — disse a ela, e foi até a cozinha resgatar uma garrafa de *malzbier* e dois copos.

Da esposa só viu a cabeça, que se movia ao ritmo dos golpes de faca com que cortava os bifes para preparar as milanesas das quintas. Nada mais inútil, pensou Dumas. Às vezes se surpreendia ao constatar até que ponto sua esposa lhe parecia desnecessária. Não incomodava, porque sabia ocupar-se das coisas que ele queria solucionadas para viver sua vida. Era funcional, Dumas chegara a essa palavra para lhe atribuir um lugar no sistema em que acomodava todas as pessoas ao seu redor. Naquela noite, com o filho em fuga tentando cruzar o Rio da Prata e a nora buscando refúgio até encontrar um modo de segui-lo e levar Suli para longe, não precisava da esposa para nada, exceto quem sabe para deixar comida pronta para quando tudo houvesse se acalmado e ele já não sentisse um nó na boca do estômago. Sim, gostaria de ter telefonado para Nilda, para que ela o ajudasse a pensar, mas já eram mais de dez da noite e, por acordo mútuo, estavam na janela horária em que cada um deixava de existir para o outro, sem exceções.

Quando voltou a sentar-se em frente à nora, sorvendo a *malzbier* que não estava muito gelada, precisou de alguns segundos para reacomodar suas prioridades. Dumas não era afeito a discursos nem a argumentos, nem sequer era muito conversador. Em geral não precisava. As pessoas procuravam bajulá-lo e por isso se esforçavam para adivinhar seus desejos e realizá-los. Mas dessa vez era diferente e ele sabia que teria uma única oportunidade para pôr a situação, que já estava enviesada, em seu favor. E para ter sucesso devia focar no seu único objetivo: reter sua neta.

— Fiquei pensando e tenho uma proposta para te fazer. Me desculpe, mas preciso ir direto ao ponto, tá? Acho um perigo levar a menina junto. O melhor seria deixar a Suli aqui conosco e ir ajudá-lo. Sozinhos vocês vão resolver tudo muito mais rápido. Depois que tiverem trabalho e um lugar seguro para morar, voltem para buscá-la. Ou eu levo, dependendo de como estiver a situação de vocês.

A nora ergueu a cabeça e o olhou nos olhos. Tinha os mesmos olhos de Suli, idênticos. Só disse, ou Dumas pensou ter entendido isso, que Suli era muito pequeninha.

— Sim, mas já come de tudo, dorme a noite inteira. E aqui tem os lugares que ela já conhece e vai ficar bem, sem correria nem nervosismo. Veja como estão as coisas por lá, Buenos Aires é logo aqui, não se esqueça, e as coisas estão se complicando. Mas tenho gente que pode dar uma mão. E tenho umas economias... — Sua nora esteve prestes a interrompê-lo, mas Dumas se adiantou (enquanto anotava mentalmente que devia ser mais cuidadoso ao tocar no assunto do dinheiro; certamente seu filho havia lhe dado instruções quanto a isso). — O que quero dizer é que você sabe melhor que ninguém que, se levarem a nenê, tudo vai ser mais complicado. Afinal, estamos falando de quanto tempo? Dias? Semanas? A Suli nem vai se dar conta. O sacrifício vai ser só de vocês, e é pelo bem dela. Vale a pena.

Sua nora não chegou a responder. O telefone tocou e os dois ficaram paralisados, olhando para o aparelho como se assim pudessem saber quem estava do outro lado e quais eram suas intenções. E de certa forma era isso mesmo. Quando não desligaram após o terceiro toque, souberam que, segundo o código da sua nora e seu filho, não era ele para avisar que estava bem e do outro lado; quando não desligaram depois do quinto toque, souberam que não era o encarregado de informar que estava escondido porque não havia conseguido atravessar; quando não desligaram depois do sexto, sumiu a chance de que fosse a confirmação de que não estavam atrás dela também. Apenas tocou até o fim. Nove toques que, ao menos até onde Dumas sabia, não queriam dizer absolutamente nada. Mas precisou confirmar.

— Isso significa alguma coisa?

A jovem respondeu que não com um gesto e cravou os olhos no fundo da *malzbier* que restava no copo, começando a remexê-la como se fosse borra de café e ela soubesse adivinhar o futuro.

Por um segundo, Dumas pensou que aquele telefonema poderia atiçar ainda mais os medos da sua nora e fazê-la pensar que aquela casa tampouco era segura. Por isso se apressou em dizer:

— Quanto a nós, não se preocupe. Aqui não entra ninguém, prometo. Tenho gente para acionar, né? Me devem favores. E por isso mesmo também estou dizendo que posso te ajudar.

— Aqui ou lá? — disse de repente a jovem, como se tivesse acabado de acordar e as coisas que ele dissera antes houvessem se misturado na sua cabeça.

— Não entendi — disse Dumas.

— Antes você disse que tinha gente lá para ajudar a nos instalarmos, e agora tem gente aqui que lhe deve favores. Se eu falar com seu filho, digo o quê? Para esperar um pouco porque aqui é possível cobrar alguns favores, ou para buscar ajuda por lá?

— Não estamos falando do meu filho, mas da Suli. Do que é melhor para ela. Meu filho é adulto e sabe muito bem o que faz. Discuti mil vezes com ele, avisei que isso podia acontecer, pedi que tomasse cuidado, mas ele não me escutou, e sabe o que disse? Que a vida dele era dele, e que com a vida dele faria o que quisesse. Deu no que deu.

— Sim, deu no que deu — ela repetiu se levantando. Um meio sorriso repleto de desconfiança retorcia sua boca, e para Dumas a desconfiança era apenas uma das formas mais elegantes da falta de respeito.

A jovem pediu licença e foi buscar Suli para dormirem numa das camas do quarto de visitas. Dumas seguiu-as à distância, respirou fundo, tomando seu tempo para recobrar a calma, e se concentrou na única coisa que lhe proporcionava certo alívio: que sua mulher houvesse se dignado a ficar na cozinha, muito embora ele não fosse capaz de imaginar o que estava fazendo lá. A casa não cheirava a comida e o silêncio era quase irrespirável.

Dumas apagou as luzes da sala, abriu a janela que dava para o pátio interno e acendeu um cigarro. Fumar no escuro sempre o ajudava a pensar. Havia descoberto isso graças a Nilda, que uma bela noite, entre risos, havia dito: "Você diz as coisas mais inteligentes à noite com um cigarro na boca". Não gostava que o filho também tivesse tomado gosto pelo tabaco. Era um rapaz determinado e ansioso e podia fumar até três maços num dia. Para ele, contudo, os cigarros eram um prazer ao qual se entregava, algo para desfrutar depois do jantar, ou na casa da Nilda, ou quando chegava no clube, ou para tirar o dia das costas. Gostava desse hábito nas mulheres, contanto que fumassem sem nervosismo. No caso da sua nora, por exemplo, que fumava uns cigarros fininhos muito suaves, a combinação era requintada. No caso da Nilda era arrebatador, contagiante. Sua esposa não fumava. Será que Suli fumaria quando fosse adulta? Viveria o suficiente? Porque, para que chegasse a se tornar mulher, sua neta precisaria viver ao menos vinte anos. Vinte anos, especialmente naquela noite, pareciam-lhe uma eternidade.

O ar ao seu redor mal se agitou quando a esposa atravessou a sala a passos rápidos e disse que ia dormir. Despediu-se dela com um gesto, mas não achou que ela tivesse visto. Sentiu-se um fantasma.

Depois se aproximou devagar do quarto de visitas, pôs a cabeça na porta, que havia ficado entreaberta, e viu as duas malas ainda feitas junto à mesa de cabeceira e, sobre ela, papéis, documentos, listas de coisas que não conseguiu ler de onde estava. Sua nora já havia adormecido. Tinha uma mão apoiada sobre o peito de Suli, como se tivesse medo de que a levassem. As pintas quase imperceptíveis das bochechas de Suli continuavam pela mão da sua mãe. Pareciam um único animal, um animal entregue ao sono, mas ainda alerta, pronto para fugir. E ele soube que já não havia como evitar.

Dumas só havia chorado uma vez na vida, quando tinha oito anos. Lembrava-se de cada detalhe daquele momento e jamais contara a ninguém. E ia morrer, três anos depois de levarem sua neta, sem ao menos ter falado de certas coisas que só começava a entender naquela noite, coisas em que pensaria sempre que acendesse cada um de todos os cigarros que ainda lhe restava fumar, sozinho e no escuro.

AVALIADOR

Adrián está sentado ao lado da mãe no sofá. Assistem a um programa de avaliadores do Reino Unido. Alguém levou um velho jogo de chá pertencente à família na esperança de averiguar seu valor e ganhar alguns trocados, e o especialista, depois de estudar todas as peças com cuidado, informa que na realidade o jogo não vale uns poucos trocados, mas uma pequena fortuna. O público aplaude. Adrián olha ao redor e sabe que na casa da sua mãe nada vale. Que ali não existe a possibilidade de descobrir um tesouro escondido. A princípio só se veem os móveis e a estranha obsessão da mãe pelo vime. Os sofás, a lâmpada da sala de jantar, as cadeiras, os móveis do dormitório, a biblioteca. Tudo é de vime. Adrián está com quarenta e dois anos e não se lembra do apartamento sem aqueles móveis; nem sequer se lembra do pai nesse apartamento, portanto, é provável que a chegada dos móveis e a fuga do seu pai tenham ocorrido mais ou menos na mesma época.

Olha para as paredes e sabe que aqueles quadros tampouco têm nenhum valor. Um deles é uma reprodução da horrível "mulher com copos-de-leite" (na sala de espera do seu dentista há o mesmo pôster). O outro é um desenho que ele mesmo fez no primeiro e único ano em que estudou na Prilidiano Pueyrredón e que sua mãe encontrou em alguma das suas antigas pastas e mandou emoldurar. E há duas paisagens de Mar del Plata que parecem tiradas de um folheto turístico.

Na televisão, o avaliador diz a um casal de ruivos gordos e sorridentes que o estranho guarda-roupas que levaram até lá com muita esperança é uma fraude. A madeira é barata e o trabalho de entalhadura *art déco* nas portas e nas molduras é uma imitação vulgar. Os ruivos perdem o sorriso, mas mesmo assim apertam a mão do avaliador e agradecem. O público volta a aplaudir. Começa a propaganda.

Adrián olha para sua mãe. Pegou no sono. Está com a cabeça inclinada para um canto e respira pesadamente. Faz tempo que deixou de tingir o cabelo, alegando que não justifica o gasto nem o esforço. Está com as mesmas argolas de bijuteria com pérolas de plástico e fios dourados que antes usava para sair e agora põe para recebê-lo durante suas visitas. A mãe parou de usar a aliança de casada quatro anos antes, sabe disso porque ela fez um anúncio. Haviam se completado exatos trinta anos da fuga do seu pai, e ela decidiu que já era o suficiente. Num gesto dotado de algum significado, mas que Adrián não se preocupou em interpretar, tirou a aliança na frente dele e guardou-a num saquinho de couro. Adrián não tem ideia de onde sua mãe guardou esse saquinho, mas tem certeza de que não jogou fora. Não vale a pena revirar o apartamento para procurá-la; afinal de contas, por uns poucos gramas de ouro não andam pagando muito mais que o equivalente a um quarto do seu salário.

Por algum motivo, para sua mãe o trinta é um número importante. É um dos números que joga uma vez por semana no bicho. Foi o que, segundo conta, levou-a a escolher esse apartamento no edifício da rua Rivadavia, 3030. E é o único aniversário de Adrián que comemorou com certo esmero e um presente que anunciou como muito especial. Gastou suas economias (que não seriam sua salvação, mas com as quais Adrián chegou a contar algumas vezes) num relógio. Um relógio caríssimo que ele jamais teria escolhido, que segundo havia averiguado não poderia vender por bom preço, e que ele tinha vergonha de usar. Há coisas que são caras sem parecer, e por lembrarem falsificações cafonas fazem seus donos parecerem impostores. Adrián odiava aquele relógio e só usava para visitá-la, principalmente para evitar o interrogatório ou as discussões. Sua mãe sempre conferia se estava no seu pulso e sempre repetia o mesmo: que ia durar a vida inteira, que poderia passá-lo a um dos seus filhos (os filhos nunca fizeram parte dos planos de Adrián), e que graças àquele relógio ele sempre se lembraria dela. Na base, sua mãe havia mandado gravar suas próprias iniciais e as de Adrián ao lado da frase "O sangue une".

Às vezes, sentado no ônibus em direção à casa da mãe e cuidando para que o relógio permanecesse escondido sob a manga da camisa ou do casaco, Adrián tinha dificuldade para decidir o que seria pior: todos ao seu redor descobrirem que estava usando um relógio daqueles ou saberem que estava usando alguma coisa, qualquer coisa, com aquela frase gravada. Às vezes lhe parecia pior o relógio; outras, a frase. Tudo dependia do seu humor e do tipo de gente que estava por perto. Essa manhã, por exemplo, havia sentado ao lado de uma morena com um *piercing* no nariz, outro na sobrancelha, imensos olhos azuis e uma camiseta do Misfits. Adrián esticou os punhos da sua camisa cinza até fazê-los cobrir também as mãos.

Na televisão, um sujeito de uns oitenta anos levou para avaliar um jogo de brincos e colar que pertenceu à sua já falecida esposa e, segundo esclarece, não pretende vender. Só quer saber mais sobre aquelas joias, conhecer sua história. De acordo com a lógica do programa, quando a peça é digna disso, antes de anunciar seu valor os avaliadores elaboram uma breve resenha a respeito da linhagem do objeto. Data de fabricação, artesão ou empresa que elaborou o produto, donos anteriores, marcas de autenticidade etc. As joias que o velhinho levou não são comentadas apenas por um avaliador (como de praxe), mas por dois, que se revezam durante uns cinco minutos para listar toda sorte de características referentes àquelas joias. O velhinho escuta-os muito atento, sem demonstrar impaciência ou ansiedade para saber o preço, verdadeiramente interessado no que os dois têm a dizer sobre uns brincos e um colar que, antes sua esposa e mais tarde ele, haviam guardado durante anos num estojo sem tranca. Em dado momento os avaliadores ficam em silêncio, trocam olhares e por fim anunciam o valor das peças. Milhões. Três milhões de libras. A plateia aplaude com euforia. É esse tipo de achado extraordinário que dá sentido ao resto do programa. O idoso escuta a cifra, leva as mãos ao rosto e começa a chorar. O apresentador se aproxima dele, microfone em mãos, para arrancar alguma declaração. O público não para de aplaudir. Quando consegue se acalmar e parar de chorar, o idoso só consegue repetir "eu não sabia". Parece realmente aflito, como se descobrir o valor de algo a que nunca dera importância de repente o tornasse culpado de algo terrível.

O programa termina e Adrián baixa o volume da TV.

Sua mãe não acorda. E agora está roncando. Antes, quando ele ainda morava ali, ela não roncava. Há certas coisas que Adrián não tolera nas mulheres: que tenham os dentes amarelados ou manchados de café ou cigarro; que usem palavras como "toalete" ou "apetite"; que queiram saber onde ele esteve e aonde pretender ir depois; e que ronquem.

Adrián se inclina sobre sua mãe para olhá-la de frente. Tem rugas que nem sequer são linhas de expressão, apenas vincos na pele que formam desenhos indeléveis nas bochechas e na testa. Respira com força, parece difícil para ela aspirar e expulsar o ar. Quando inala, inclina de leve a cabeça para trás; quando exala, produz o ronco grave e anasalado. Também chega a ele o hálito. É um cheiro desagradável.

Adrián lembra-se de quando a mãe cheirava bem, de quando não fazia esses barulhos grotescos enquanto dormia, de quando tinha o rosto liso e sem manchas. Mas não se lembra de jamais vê-la usar vestido, ou ao menos uma saia. Sua mãe usa jogging, ou *jeans*, ou calça *suplex*, e, nas ocasiões especiais, calça social preta ou azul-escura, sempre combinando com uma blusa ou camisa mais arrumadinha ou com brilhos.

Durante um tempo, Adrián pensou que, se sua mãe usasse vestido ou uma saia, teria arranjado um marido novo, alguém que valesse a pena, com quem poderia ter somado esforços para curtir mais a vida, alguém que talvez ela gostaria de presentear com um relógio caro com alguma frase gravada (sem que isso significasse gastar todas as suas economias), numa história que não o envolveria de forma alguma. Mas não, volta a analisar esse assunto na sua mente e tem quase certeza de que sua mãe jamais usou vestido ou saia. Nesse momento, está vestindo calças pretas e uma camisa branca com abotoaduras douradas no colarinho e nos punhos. Embora tivesse se sentado com as costas muito retas e as pernas juntas e apertadas, as mãos sobre os joelhos, ao pegar no sono ela foi relaxando e escorregando sobre o sofá até ficar com os braços ao lado do corpo e as pernas abertas. O tecido da calça está muito gasto na parte interna das pernas. Dá para notar porque a cor é mais clara e formaram-se bolinhas. Adrián odeia bolinhas nas roupas, acha que são típicas dos pobres e dos pães-duros. Quando era criança, sua mãe era cheia de estratégias para fazê-lo usar as coisas por mais tempo do que ele considerava aceitável. Costurava reforços de couro nos cotovelos dos blusões, cerzia as meias, remendava jaquetas e os joelhos dos *jeans* e das calças de moletom, mandava trocar a sola dos sapatos e até usava um alargador para espichá-los e garantir que durassem uns meses a mais.

Adrián acredita que, em todos os episódios do programa dos avaliadores que viu com sua mãe, ninguém jamais levou roupas para avaliar. Não acha que seja coincidência, mas algo perfeitamente lógico: é quase impossível que roupas velhas ou usadas valham alguma coisa. As roupas ficam gastas ou estragam com excessiva facilidade e são horrendamente perecíveis. O verdadeiro destino das roupas usadas são os brechós. E brechós são os irmãos abobados dos leilões. Num leilão, algo que no passado foi barato ou até mesmo banal se revaloriza por ser o único sobrevivente de uma série, ou por estar bem conservado, ou porque seu fabricante ganhou prestígio com os anos. Nos brechós ocorre o contrário. Ali tudo se torna pechincha. Até mesmo roupas que por sua confecção, por seus materiais ou pela marca um dia foram valiosas são reduzidas a trapos velhos ao ser penduradas nos seus cabides. E todas têm o mesmo cheiro. Um cheiro que Adrián não suporta e que é o motivo para nunca ter decidido falar com a mulher que o atende na farmácia sorrindo com segundas intenções. É que a mulher tem esse cheiro, de brechó, uma mistura de naftalina e sabão com desinfetante.

Às vezes, sua mãe também tem um pouco desse cheiro. Mas hoje não. Hoje, por exemplo, ele não sente rastros de naftalina na roupa que ela está usando. Adrián se aproxima um pouco mais para ter certeza, mas é difícil farejar melhor a camisa sem ser envolvido pelo hálito da mãe, que ronca cada vez mais forte. A luz azulada da televisão se reflete nas abotoaduras do colarinho, que brilham como se fossem os enfeites do bairro chinês com que sua mãe decorou o espelho do banheiro. Adrián se inclina e cheira a calça na altura dos joelhos. Fecha os olhos para se concentrar, porque dali vê com clareza as bolinhas do tecido entre as pernas e por um segundo isso o leva de volta a uma calça que a mãe obrigou-o a usar durante mais de um ano e em que se via claramente o ponto onde ela tinha descosturado a bainha quando ficou muito curta. Não sente nenhum cheiro. Abre os olhos e então repara que, além do tecido gasto, há outra coisa ali, entre as pernas da sua mãe, algo que forma um pequeno volume e lhe faz pensar nas toalhas que as mulheres usam ao menstruar. Mas sua mãe tem sessenta e nove anos e é impossível que continue menstruando. Descartada essa opção, supõe que ela esteja usando fraldas, as fraldas para adultos que viu em propagandas de televisão e no supermercado. Uma vez, no supermercado, ficou olhando um bom tempo para elas enquanto pensava por que será que a maioria dos pacotes de fraldas para adultos é verde, ou azul-claro esverdeado. Entende que não possam ser vermelhos, nem azuis, nem rosa, nem amarelos, porque essas cores já dominam o espectro das fraldas para bebês, mas ainda assim restam outras opções.

Adrián volta a olhar para a mãe e pensa nas implicações caso ela esteja com problemas de incontinência e tenha precisado recorrer às fraldas. Quanto mais demoraria, quanto tempo até que deixe de ser autossuficiente? Adrián não quer voltar a morar com ela. Isso nem pensar. Não é nem sequer uma opção remota. Nada. Mas os asilos custam uma fortuna. Mesmo os mais básicos têm custos altíssimos. Não faz muito tempo, precisou escutar um dos seus colegas falando sobre o assunto e tudo lhe pareceu um delírio. O sujeito fazia contas aos quatro ventos enquanto ele ficava cada vez mais incomodado com a conversa. Agora lembra bem os números e faz seus próprios cálculos. Sua mãe tem sessenta e nove anos e, para além de qualquer incontinência ou outros problemas que venham se somar, ainda poderia viver mais uns vinte anos. Hoje em dia são comuns as pessoas nonagenárias, e com os devidos cuidados elas acumulam anos e anos mesmo quando o corpo inteiro se recusa a seguir existindo. Vinte anos vezes doze são duzentos e quarenta. Duzentos e quarenta mensalidades num asilo mais ou menos decente é uma fortuna. Um dinheiro que ele se encarregaria de juntar se fosse para pagar pelos cuidados da sua mãe, mas jamais conseguiria reservar todo mês para economizar e, num momento posterior, converter em investimento. Porque Adrián tem convicção de que o dinheiro tem vontade própria e não se deixa acumular por uma pessoa qualquer nem por um motivo qualquer. Um asilo seria sua ruína.

Poderia levantar-se do sofá e revistar o armarinho do banheiro, o guarda-roupa do quarto da mãe e a mesa de cabeceira em busca do pacote de fraldas para adultos que confirmaria suas suspeitas. Mas então se dá conta de que confirmar seria inútil. O que faria com uma confirmação? Confrontaria sua mãe? Pediria explicações? E se ela aproveitasse a descoberta dessa debilidade para confessar que na realidade havia muitas outras e antecipar o assunto da sua internação? Adrián sente calor, mas suas mãos estão muito frias.

Na televisão sem som, ele vê dois sujeitos barbudos com aspecto durão que avançam de lancha pelas águas de um pântano. Conhece esse programa, já o assistiu algumas vezes, mas nunca conseguiu entendê-lo.

Volta a estudar a cara cheia de rugas da sua mãe. Nunca a achara tão velha, tão ressequida. Também tem rugas no pescoço e no pouco que o decote deixa ver. O peito da mãe se levanta e afunda ao ritmo da sua respiração, uma respiração dificultosa, intensa porém frágil, que a cada tanto é interrompida por alguns segundos.

Uma veia azul e grossa palpita no pescoço da mãe e Adrián imagina seu percurso: dos pulmões ao coração e dali ao cérebro. As veias conduzindo o sangue por todos esses órgãos para alimentá-los e mantê-los funcionando. Ninguém nunca fala da importância das veias, e nesse momento Adrián sente que não é justo, que afinal de contas é delas que dependem os órgãos mais conceituados como o coração ou os pulmões. Além disso, tampouco jamais ouvira falar de transplantes de veias. E para Adrián é emocionante pensar nisso, porque é como estar diante de um tesouro recém--descoberto: as veias são o que há de mais valioso no corpo humano, a única coisa que não pode ser transplantada nem replicada, que não pode ser arrumada ou remendada, e algo a que ninguém nunca deu muita importância. São como as joias do idoso que chorava dizendo "eu não sabia".

Adrián estica os dedos médio e indicador da mão direita e os apoia suavemente sobre a veia que vê pulsar no pescoço da mãe. Sente os ecos das batidas do coração. Imagina o sangue fazendo força para superar aquela leve pressão e seguir seu caminho. Pensa em calcular os batimentos por minuto, mas o único relógio que tem à mão é o seu, o que continua escondido sob a manga do seu moletom canguru cinza, o relógio horrendo que o lembra constantemente da sua mãe e do laço de sangue que os manterá unidos para sempre. Não importa que só o utilize para visitá-la, porque mesmo ao voltar para casa e guardá-lo no fundo falso do guarda-roupa, o relógio é como um alarme sempre tocando. Algo caro mas vulgar, algo que lhe pertence mas de que não pode se desfazer, algo que detesta e com que não sabe o que fazer.

PIRANHAS

A mãe grita: "Tirem isso!". Mas as crianças só abaixam o volume da televisão. Não conseguem parar de olhar as imagens das piranhas, das bocas dentadas e ferozes das piranhas mostradas no noticiário.

— Eram assim iguaizinhas? — pergunta Romina, e se vira para sentar de joelhos no sofá e ficar de frente para o irmão.

— Não vi — responde Víctor, tentando esconder o medo na voz.

— E quantas eram?

— Não sei, não vi, já disse.

— Mas não sentiu? Faz a conta. Mais ou menos. Cem? Vinte? Cinco?

Víctor passa rapidamente a mão direita pelas faixas que cobrem a esquerda, aquela em que agora faltam dois dedos: o anular e o médio. O espaço vazio ainda lhe causa surpresa e certa decepção: surpresa porque transcorreu apenas uma semana desde o ataque e ele ainda não se acostumou à ausência; decepção porque Víctor às vezes pensa que daquelas feridas poderiam crescer novos dedos, e até que as feridas não cicatrizem completamente há espaço para o milagre.

Agora é Romina quem olha para a mão enfaixada.

— Sente falta deles? — pergunta.

Víctor responde que não com a cabeça.

— Se eu perdesse dois dedos sentiria muita, muita falta deles. Mesmo que não fossem meus preferidos.

Víctor imagina que uma piranha gigante surge de trás do sofá e engole sua irmã sem mastigá-la. Depois fica pensando se tem dedos preferidos. Não. Não tem. Ou ao menos não tinha. Agora que os perdeu, contudo, poderia dizer que seus dedos preferidos são o anular e o médio da mão esquerda. Se pudesse recuperá-los, trataria os dois com muito cuidado e os exibiria com orgulho. Enquanto pensa, o ar vai se espessando no seu peito, preenche seus pulmões, mas depois se transforma em algo viscoso e difícil de expelir. Sente lágrimas nos olhos e belisca as feridas por cima das faixas. Usa a dor para se distrair da tristeza e não chorar. Víctor não quer chorar. Mas pensar em dedos preferidos deixou-o muito triste. A culpa é da Romina. Víctor puxa seu cabelo e a irmã se queixa.

— O que eu te fiz? — guincha.

— Nasceu.

— Mas isso já faz um tempão — protesta Romina, e Víctor vê que agora é ela quem tem os olhos mareados. Assim está melhor.

Na televisão, a notícia sobre os últimos ataques de piranhas acaba de terminar e Víctor muda de canal. Zapeia até encontrar o canal de esportes, em que está passando uma luta livre.

Depois de ter voltado para casa no mês anterior com o cenho cortado e o sangue do Matías Cresta na camiseta, sua mãe o proibiu de ver programas de luta e jogar videogames de guerra. Víctor sabe que não foi ideia da sua mãe fazer essa distinção (o impulso dela havia sido proibir-lhe terminantemente a televisão e confiscar o console), mas da psicopedagoga da escola. Os pais do Matías Cresta participaram da reunião com sua mãe e a psicopedagoga e impuseram a mesma proibição, muito embora Matías não se interessasse por luta livre e jogasse apenas FIFA14. Víctor e Matías se reconciliaram no dia seguinte, logo depois de eles mesmos e mais cinco colegas da sétima série que haviam testemunhado a briga declararem um empate. A proibição, no entanto, já está durando muito, tanto que ele se pergunta o que estariam esperando para voltar à total normalidade. Ainda não tentou, mas suspeita que, sob as novas circunstâncias, sua mãe estaria disposta a esquecer tudo. Acha isso justo, e nesse momento se convence de que vale a pena arriscar, de modo que, em vez de trocar de canal, aumenta o volume assim que o apresentador anuncia o nome dos dois adversários dessa tarde.

— Você não pode assistir isso — diz Romina.

— Posso, sim.

— Não, não pode.

Víctor se aproxima até encostar o nariz no nariz da irmã e murmura:

— Se você contar pra mãe, eu quebro essa tua cara.

Romina aperta os lábios, arregala os olhos e se afasta apenas alguns centímetros. Víctor a vê pensando: ela sabe que ele vai cumprir o que disse, sempre faz isso, mas está calculando suas chances de escapar. Para reforçar a ameaça, Víctor lhe mostra os dentes e sorri. O gesto tem o efeito contrário, é como um gatilho que faz Romina criar coragem e gritar:

— Mãe!

Não é a mãe quem aparece, mas o pai, que acaba de chegar do trabalho.

— O que foi? — pergunta em tom severo; odeia gritos e acusações.

Romina se encolhe no seu lugar e diz, em voz baixíssima:

— O Víctor está vendo uma luta.

O pai está de pé, de costas para a televisão, e nem sequer olha para Romina. Víctor tenta se desculpar:

— Achei que não estava mais proibido.

Romina desce do sofá e escapa para a cozinha feito uma serpente, silenciosa e traiçoeira.

— E por que não estariam mais proibidas? Por causa do acidente?

Víctor pensa que sim, mas não diz nada.

— É melhor se acostumar. A vida continua.

Víctor não entende por que ele fala desse jeito, com raiva. Seu pai desliga a tevê. Tem uma mancha de suor nas costas da camisa. Sempre chega em casa suado. É como se em qualquer época do ano o mundo fosse quente demais para ele.

— O que você fez o dia inteiro? — pergunta enquanto esvazia os bolsos na mesinha. A carteira, as chaves da caminhonete, moedas, o isqueiro.

— Nada — responde Víctor. — A mamãe disse que eu precisava descansar.

— Mas você estava cansado?

Víctor dá de ombros.

— Leve isso para a sua mãe. — E lhe entrega uma sacola com o logo da farmácia.

Víctor se levanta depressa e sente uma leve tontura. Não diz nada e dá uns passos na direção do pai, que o olha fixamente. Víctor sabe que o está avaliando, como faz de vez em quando, e se esforça para parecer mais seguro, mais firme, mais alto. Quando pega a sacola e vira para se dirigir à cozinha, sente a mão do pai sobre a cabeça.

— Lembre que o da caixa azul vai na geladeira.

Víctor se afasta pelo corredor ciente de que seu pai ainda o observa. O enjoo passou, mas ao se levantar e abaixar as duas mãos, o sangue se acumulou nas feridas provocando uma dor aguda, como descargas elétricas; precisa realmente se esforçar para não reclamar. No exato instante em que entra na cozinha, Víctor escuta a porta do banheiro se fechar às suas costas.

Todos os dias da semana, ali pelas sete e meia da noite, seu pai chega em casa, esvazia os bolsos e toma uma ducha. E todos os dias da semana, um pouco antes de ele chegar, sua mãe deixa uma muda de roupa limpa na banqueta ao lado da banheira. Por baixo a camisa, uma camiseta logo acima e no topo as meias e uma cueca. Sua mãe também prepara roupa limpa para ele e a irmã, mas não do mesmo jeito. Há algo diferente no jeito que ela faz as coisas para seu pai, um significado que só eles dois entendem.

Na cozinha, sua mãe está lavando os pratos e panelas que usou para preparar a janta. Já limpou a bancada e o forno está ligado. Cheira a carne assada. Romina está ao seu lado, de pé numa cadeira para ficar da mesma altura, e a auxilia lhe passando as coisas sujas enquanto conversam. Nem sequer se dão conta de que ele está ali, parado junto à porta. Víctor sente que poderia atravessá-las, que sua mãe e sua irmã já não têm corpos, são apenas pó e partículas flutuando no ar e compondo silhuetas, e ali já não há nada verdadeiro. Imagina-se correndo a toda a velocidade através delas enquanto as partículas se dispersam e se mesclam no ar até por fim caírem no chão feito as cinzas de um vulcão que ele poderia varrer, enfiar num saco e atirar no rio.

— Você não deveria estar deitado? — pergunta a mãe, que em algum momento percebeu a presença de Víctor e agora olha para ele franzindo o cenho.

— O papai pediu pra eu te entregar isso.

A mãe caminha até ele tirando as luvas de borracha e pega a sacola da farmácia enquanto encosta uma mão na sua testa.

— O papai disse pra não esquecer que a caixa azul vai na geladeira.

— Você está com febre.

Em três frases, a mãe explica a Romina onde guardar todas as coisas que estão na sacola e em que prateleira da geladeira colocar o remédio da caixa azul. Diz tudo isso sem olhar para ela nenhuma vez, muito menos olha para ele. O que observa com muita atenção é o curativo de Víctor, como se pudesse ver através das gazes e dos algodões. Cheira sua mão. Desde o ataque, sua mãe se comporta de forma estranha. Toca na sua testa, no pescoço, pergunta a cada piscar de olhos se está com frio, ou calor, fica olhando para ele, cheira. Parece um cachorro seguindo um rastro, e Víctor acha que talvez ela também esteja esperando que os dedos voltem a crescer. Mas de vez em quando essa postura desperta nele um mau pressentimento, como se as coisas pudessem piorar e sua mãe só estivesse tentando se antecipar.

Víctor não se lembra de nada do trajeto de ambulância até o hospital. Tiraram-no desmaiado do rio depois do ataque, e no pronto-socorro mantiveram-no sedado para limpar as feridas. Dos dois dias que passou internado, sua lembrança mais clara é do momento em que abriu os olhos. Seus pais estavam sentados perto da porta e discutiam em voz baixa alguma coisa que sua mãe apontava nos formulários que tinha sobre a saia. Romina estava de pé junto à cama e apoiara os cotovelos perto dele para encará-lo fixamente.

— As piranhas te comeram — disse assim que percebeu que Víctor estava acordado.

Atrás dela, Víctor viu uns quadrinhos com ursos, rãs e elefantes em tom pastel, decoração típica de um quarto de bebê. Víctor perguntou onde estava e sua mãe pulou da cadeira para se aproximar dele e explicar em voz baixa que estava no hospital, que tudo ia ficar bem, que era para ele ficar quieto. Seu pai olhava o chão e cruzava e descruzava os dedos como faz sempre que precisa aguentar uma situação incômoda. Víctor não conseguiu fazer sua mãe entender que na verdade queria saber o que estava fazendo num quarto com aqueles quadrinhos horríveis. Não tinha nada para fazer num quarto como aqueles, tampouco seu pai. Depois chegou a enfermeira. Ela também usava um ursinho de pelúcia como se fosse um broche. A enfermeira foi a encarregada de explicar a ele o que havia acontecido durante o ataque e dar alguns detalhes sobre a recuperação, até que chegou a parte dos dedos amputados. Víctor só parou de se concentrar no ursinho de pelúcia quando a enfermeira disse: "Precisávamos proteger o resto da mão". Então Víctor ergueu o braço esquerdo e viu que sua mão estava enfaixada, mas ainda demorou alguns segundos para identificar o pedaço que faltava. A enfermeira continuou explicando o que deveria acontecer nos dias seguintes, os cuidados e demais tratamentos de que precisaria, o que talvez sentisse por causa dos antibióticos e dos sedativos que estava tomando. Falava com tranquilidade, mas gesticulava muito: parecia uma aeromoça detalhando saídas e procedimentos de emergência antes do voo. Ao redor dela, a mãe sorria pela metade, de olhos marejados, o pai o fitava quase sem piscar e Romina, que se postara de pé atrás da mulher, imitava seus gestos como um espelho deformador. Antes que lhe dessem alta, aquela mesma enfermeira voltou ao quarto para explicar à sua mãe como trocar as faixas e limpar os ferimentos. Víctor não se lembrava de ter visto nenhum médico, e se perguntava se toda a história do repouso e de controlar a febre toda hora não seria invenção daquela mulher.

— Vá assistir tevê e fique quietinho — disse sua mãe.

Víctor vê a oportunidade brilhar e aproveita:

— Posso ver uma luta?

Sua mãe faz uma careta.

— Só uma? — insiste Víctor.

Sabe que ela vai dizer sim, mas também sabe que antes precisa calcular sozinha para chegar à conclusão de que Víctor já cumpriu uma sentença justa e já é hora de libertá-lo.

— Está bem — diz por fim. — Só uma e depois desliguem.

— Mas o papai disse... — diz Romina, porém sua mãe a interrompe:

— Ele que fale comigo, se não gostar.

Víctor volta para o sofá com uma sensação de triunfo que o faz esquecer a dor e o formigamento elétrico.

Romina vai atrás e senta-se ao seu lado. A luta na televisão acabou de começar e Víctor deixa o volume baixinho, na esperança de que termine antes de o pai se dar conta de que ele lhe passou a perna. No terceiro *round,* Víctor sente sua presença. Está de pé atrás dele. Não diz nada, mas sua respiração confere ao ar uma intensidade diferente.

— A mamãe deixou ele ver — apressa-se em dizer Romina.

O pai continua em silêncio e vai até a cozinha. Bate a porta com força ao entrar. Víctor e Romina conhecem bem esses silêncios, as batidas de porta e o que vem depois.

— A culpa é sua — diz Romina.

— Não, é sua — responde Víctor, e seus olhos ardem como se a cabeça inteira estivesse pegando fogo.

Romina nega e franze os lábios num sorriso debochado. Víctor aperta os dedos que restam da mão esquerda e sente uma pontada de dor, mas mesmo assim dá um soco nas costelas dela com toda a força. Sente um formigamento mínimo, e escuta-se um créc que desaparece sob os gritos dos dois. Víctor segura a mão e geme. A dor que agora irradia das feridas vai invadindo o braço, o peito e a cabeça. É uma onda de calor e fisgadas que o deixa nauseado. Na cozinha está sendo travada outra batalha, e ninguém sai para perguntar o que houve. Romina geme como um cachorro sufocado, está com o rosto vermelho e não para de tossir. Víctor olha para ela e aumenta o volume da televisão.

OS RESTOS

O telefone tocou muito cedo. Não eram nem sete da manhã e Marta se apressou para chegar à cozinha. Marta não conseguia mais correr. O que fazia era caminhar rápido, sem levantar muito os pés e cerrando os punhos, como se os punhos cerrados pudessem conceder um pouco de velocidade aos seus passos. Quando chegou à cozinha estava agitada, e a pressa não havia servido de nada, porque sua irmã Graciela já estava falando, ou escutando, e Marta só conseguiu vê-la assentir com a cabeça e desligar.

— Era o Héctor — disse Graciela quando Marta deu um passo à frente para ser vista. — Acabou.

Isso queria dizer que Nora, a mais nova das três irmãs, tinha morrido. Imaginou Héctor dizendo "Aconteceu", ou "Se foi", ou fazendo silêncio para que Graciela pudesse imaginar o que havia acontecido. E Marta se perguntou, como sempre fazia em circunstâncias assim, por que ninguém diz "morreu" quando alguém morre. As pessoas dão voltas ao redor das palavras desse tipo para evitá-las, como se estivessem cruas demais para ser engolidas.

Graciela havia se sentado numa das cadeiras de vime. O primeiro sol da manhã entrava na cozinha e tornava visíveis as partículas de pó que voavam ao redor. Marta precisou fazer esforço para se concentrar no que acabara de ouvir. Para ela o pó era violento, uma invasão, uma ameaça. E todo aquele pó, que parecia dançar ao redor da sua irmã, a fez pensar num espectro.

— E agora? — perguntou Marta.

Graciela ergueu a cabeça para olhá-la e disse que as duas teriam de preparar a casa, Héctor e as crianças fariam os trâmites na funerária.

— Ele te disse como foi? — quis saber Marta antes. — O que aconteceu?

— E o que podia acontecer? Se faz semanas que ela estava cada vez pior... meses.

— Sim, eu sei. O que não entendo é como, como aconteceu, o que aconteceu, a que horas. Ontem de manhã você falou com o Héctor e ele disse que a Nora estava bem. Aguentando.

— Não sei, não fiquei perguntando detalhes, como você pode imaginar...

Mas era de detalhes que Marta precisava. Para ela a morte era um acontecimento, algo que ocorre e, portanto, tem um passo a passo, como uma festa, uma receita ou uma mudança. Se alguém diz "me mudei", perguntamos para onde, quando, podemos até perguntar o motivo caso a mudança nos pareça repentina ou inesperada. Há muitas formas de morrer, inclusive no caso dos desenganados. Há detalhes que modificam tudo e fazem de cada morte *a* morte de alguém.

Há muitos anos Marta vinha elaborando um catálogo de todas as mortes próximas, sentia que assim talvez tivesse uma chance de adivinhar ou escolher a sua própria. No seu caso suspeitava que morreria de repente, talvez de ataque cardíaco, em pleno inverno, e que estaria sozinha, na rua, e os socorristas precisariam abrir um espaço entre o cachecol, o abrigo, os dois suéteres, a blusa e a camiseta que costumava usar em dias frios para descobrirem que já não podiam fazer nada por ela. Sua viagem ao hospital seria numa ambulância silenciosa, uma viagem idêntica à que faria em seguida até a funerária e, por fim, ao cemitério.

— Se você não se apressar, eu vou sozinha — disse de repente Graciela às suas costas, e Marta ficou olhando para ela. Não conseguia imaginar uma morte para Graciela.

— Aviso a Camila? Talvez queira mandar alguma coisa, ou telefonar...

— A filha é sua, faça o que quiser — disse Graciela, fechando a porta do banheiro às suas costas.

— Ela gosta muito da tia...

— Gostava — corrigiu Graciela, botando só a cabeça para fora antes de voltar a desaparecer atrás da porta.

***

Quando chegaram, a casa estava vazia. O grande casarão de Nora e sua família. Quando enviuvou, dado que sua única filha morava nos Estados Unidos havia seis anos, Marta achou que Nora ou ao menos Héctor a convidaria para morar com eles. Tinham tanto espaço, e ela poderia ter sido de muita ajuda para eles. Mas pouco tempo depois Graciela se viu às voltas com a aposentadoria compulsória e todos acharam que o mais lógico era Marta e Graciela morarem juntas. Assim, e até antes de Nora adoecer, o casarão foi um lugar ao qual só iam quando convidadas, e jamais eram convidadas para nada além do almoço de Páscoa, das ceias de Natal e Ano-Novo e de um que outro aniversário. Nora e Héctor eram desses casais que têm "amigos", e qualquer outra data especial era um bom motivo para reuni-los. Nesse tipo de reuniões não havia lugar para elas, as tias.

Fazia anos (muito antes de Camila e os filhos de Nora começarem a se visitar sem precisarem de eventos familiares como desculpa, muito antes dos rumores maliciosos que tentavam vincular Graciela a Héctor, muito antes inclusive daquela terrível briga por causa do empréstimo em que Marta se sentiu tão destratada) que haviam deixado de ser Marta e Graciela para serem apenas "as tias". E Marta suspeitava que, intimamente, nem sempre as chamavam assim, mas sim de "as velhas", ou coisa pior. Como se o tempo só houvesse passado para elas. Como se Nora, apesar da sua doença, continuasse sendo a mesma menina ágil de ossos fortes e o bom humor de um filhotinho de cão. Nunca falou dessa suspeita com Graciela, nem sequer se animava a usar a palavra "velha" na sua frente.

Para entrar, usaram a chave que Héctor havia dado a elas mais de um ano antes, quando Nora ficou mal, uma chave que Nora havia tentado tirar delas pouco menos de dois meses antes, quando piorou. Por algumas horas, a grande casa seria toda delas. Sem testemunhas. Héctor e as crianças não chegariam até que terminassem os trâmites, no tempo exato de receber quem aparecesse para dar os pêsames.

Nora havia falado muito sobre esse momento e todos sabiam que, ao invés de um velório, ela queria que fosse realizada uma reunião íntima na sua própria casa, onde os que necessitassem pudessem se reunir para fazer companhia uns aos outros. Também havia dito que não queria caixão, nem enterro, nem urna, nem nada. "Pro fogo e deu", costumava dizer. Marta ainda estava se perguntando que alternativa Héctor e as crianças teriam encontrado para resolver a questão e satisfazer essas exigências. Um saquinho?, disse a si mesma, e precisou conter um sorriso.

— Vamos deixar tudo na cozinha — ordenou, então, Graciela, e Marta voltou dos seus pensamentos para tentar acompanhar os passos da irmã, que avançou pela casa como se não estivesse carregando duas sacolas cheias, mas um ramo de jasmins e um grande véu branco.

A cozinha daquela casa não se parecia em nada com a do apartamento onde moravam. Ali o espaço era amplo e em cada parede havia uma grande janela de onde se via o jardim. A bancada central era da mesma madeira que os pisos do resto da casa. Certa feita Héctor havia contado que, durante a reforma, Nora se recusara a jogar fora as vigas de madeira que precisaram remover para a ampliação da sala, e que tinha convencido o carpinteiro a usá-las para construir a bancada e até mesmo o banquinho que usava para alcançar as prateleiras mais altas dos armários da despensa.

— Nunca entendi para que tanto incômodo se não sabia nem preparar uma tortilha decente — disse Graciela enquanto soltava na bancada as sacolas com as bandejas e travessas de prata que haviam levado para servir a comida.

Também tinham levado suas melhores toalhas de mesa, que nas últimas semanas Marta se ocupara em manter impecáveis e bem passadas (sabia que na casa de Nora só havia toalhas coloridas de algodão), e pacotes da melhor confeitaria do bairro. Para muitos aquela seria uma tarde amarga, e Graciela disse que era sua tarefa garantir que todos ficassem com a boca cheia de comida, e não de frases feitas ou comentários inadequados.

Marta foi lavar os copos, as xícaras e os pratos do melhor jogo que encontrou, enquanto Graciela, tensa e concentrada, ajeitou as fatias de *strudel,* as tortinhas e os salgadinhos nas bandejas, numa composição capaz de intimidar qualquer um. Depois levaram as travessas para a grande mesa da sala de jantar. Marta havia comprado flores e montou com elas um discreto centro de mesa, nada que pudesse remeter a um detalhe festivo, mas algo elegante e discreto.

Graciela abriu as janelas para arejar a casa. Um ar fresco, próprio do início do outono, encheu de repente a sala de jantar. Mas não era ar limpo, cheirava a fumaça, talvez estivessem queimando folhas secas em algum jardim vizinho, e Marta pensou em Nora, em que lugar estaria naquele momento o corpo de Nora, e se perguntou se não seria mais prudente fechar tudo de novo. Ia dizer isso a Graciela quando a viu de pé ao lado do janelão aberto, com a cabeça ligeiramente inclinada para trás e os olhos fechados.

— O outono é perfeito — murmurou Graciela, e Marta decidiu não mencionar o cheiro, a fumaça ou o corpo de Nora.

Embora ninguém fosse subir, nem ninguém tivesse motivo para tanto (só no andar de baixo havia dois banheiros e um pequeno toalete, além de cadeiras e sofás de sobra), Graciela disse que queria garantir que, caso alguém sumisse de vista e decidisse fazer uma incursão pelos quartos, não encontrasse nada que pudesse ser incômodo para Héctor ou as crianças. Em especial precisava conferir o banheiro de Nora e o quarto que ela havia usado naqueles últimos meses.

Antes de subir, Graciela encontrou jogada junto à escada central uma japona que Héctor certamente havia esquecido por causa da pressa. Marta a viu erguer o agasalho do chão, esmagá-lo contra o rosto e respirar fundo. Sabia que Héctor tinha cheiro de tabaco, lavanda e couro. Mesmo quando mudava de perfume ou não estava fumando (havia tentado largar diversas vezes), tinha sempre o mesmo cheiro. Chegou perto de comentar isso com Graciela, porém, mais uma vez, preferiu se calar. Porque Graciela estava ali, podia vê-la, mas ao mesmo tempo estava no seu mundo próprio, um mundo no qual se refugiava de vez em quando e onde Marta sabia que não era bem-vinda.

Enquanto escutava a irmã caminhando de um lado para o outro no segundo andar, Marta se ocupou da prateleira de fotos no térreo. Ali havia dezessete porta-retratos com fotos da família que elas, em cada uma das suas visitas, haviam estudado até memorizá-las. Tinham até lhes dado nomes. Algumas fotos não haviam mudado em todos aqueles anos, mas a cada tanto surgia alguma nova.

Depois da ligação daquela manhã, quando Graciela já estava se penteando para sair, havia dito:

— Precisamos tirar a foto dos dentes.

Marta pediu para ficar encarregada dessa tarefa e escondeu entre os livros da última prateleira da biblioteca aquela foto que sempre as incomodara e naquele dia em particular lhes parecia inconveniente. Tratava-se de uma foto de Nora tirada por Héctor durante a lua de mel. Uma jovem Nora com os pés afundados na areia branca, os braços estendidos de quem espera um abraço e a boca aberta numa gargalhada vistosa que mostrava a Marta e Graciela todos os seus dentes, pequeninhos e lisos como as joias de uma tiara.

— Guardou a foto? — perguntou Graciela quando voltou para a sala.

— Arrã... Enfiei ali. — E Marta apontou para o porta-retratos de madeira quase invisível em meio aos livros.

— Agora a da franjinha.

Graciela se referia a uma foto que Nora havia tirado com as crianças na piscina. Mariela e Federico, então com quatro e seis anos, tinham metade do corpo para fora d'água, as franjinhas loiras empapadas e grudadas na testa, e abraçavam o pescoço da mãe. As crianças riam, divertindo-se, mas era possível notar seu medo, porque estavam no fundo e sem boias de braço. Nora era tudo o que os mantinha à tona, e ela também sorria, embora estivesse serena, confiante de que sozinha era mais que suficiente para manter os filhos a salvo. Quem olhasse com atenção, como elas haviam feito, também poderia divisar, na superfície celeste da água revolta, o reflexo fragmentado de Héctor no instante em que tirou a fotografia.

— Não sei, Gra, você acha mesmo? Tem as crianças...

Um olhar de Graciela bastou para que Marta procurasse outro lugar em meio aos livros e escondesse também aquela foto.

As duas permaneceram alguns minutos a mais diante da prateleira, até que Graciela sorriu para a irmã com certa malícia e resgatou do fundo uma foto que permanecia semioculta. Colocou-a bem na frente, onde sempre quiseram que estivesse. Era um porta-retratos de prata com uma foto amarelada das três irmãs no jardim da casa da sua avó. Nora segura o gato preto que as outras duas acariciam, tentando suborná-lo para que mude de saia. Graciela tem uns catorze anos e um belo cabelo liso e escuro, do mesmo tom que agora precisava simular com tinturas baratas. Marta, com doze anos, sorri com a boca muito apertada. Nora não tem mais que cinco anos e seus grandes olhos brilham tanto quanto os do gato.

— Era um gato horrível — disse Graciela.

— Mau.

— Lembra de quando arranhou sua cara? Sangrou tanto...

— Mas a vó não disse nada.

— A vó adorava esse gato.

— Nora também.

— "Norinha"... — corrigiu Graciela.

— Norinha, isso — repetiu Marta.

— "Olhem só a Norinha" — disse Graciela, que havia afinado a voz para imitar a avó.

— "Façam como a Norinha" — remendou Marta.

— "Não discutam com a Norinha" — disse Graciela enquanto ria com a voz rouca.

— Norinha... — sussurrou Marta por fim, murchando.

— Quer ver uma coisa divertida? — disse, então, Graciela.

Marta olhou para ela intrigada. Não tinha certeza do significado exato da palavra "divertida" para sua irmã, mas seguiu-a escada acima. Graciela ainda mantinha um jeito muito distinto de andar, com as costas eretas e o queixo erguido. Observá-la subir as escadas era como ver uma trilha de cinzas arrastada pelo vento. Andava como se não precisasse dos degraus senão para que lhe indicassem o caminho. Marta precisava se empurrar na base da pura vontade para a mesma subida. A artrite e o lumbago estavam cada vez piores, e embora os comprimidos de cartilagem de tubarão e os suplementos vitamínicos estivessem ajudando, as escadas já não eram para ela.

Uma vez lá em cima, Graciela encenou uma reverência para indicar a Marta que entrasse num dos quartos. Marta não andava por aquela parte da casa havia tanto tempo que não soube ao certo na frente de que quarto estavam. Poderia ser aquele que Mariela ocupara até se casar, sete anos antes. Marta recordava cada detalhe do casório e ainda guardava, na gaveta da mesa de cabeceira, a lembrancinha: uma caixa prateada com um maço de cartas muito finas e um cartão com uma inscrição em inglês: "Lucky in love". Ou poderia ser o de Federico, que agora estava sempre viajando entre o sítio da família de Héctor, o qual administrava, e um apartamento no centro muito maior do que o que haviam cedido para ela e Graciela. Mas tinha na memória que, em algum jantar, e em tom de brincadeira, as crianças haviam se queixado porque, tão logo puseram um pé fora de casa, seus pais tinham esvaziado seus quartos para transformá-los num escritório para Héctor e num ateliê para Nora, que jamais havia parado de pintar. "A vida continua", Héctor respondera também em tom de galhofa, e todos menos Marta acharam graça naquilo.

Ao abrir a porta, Marta varreu o cômodo com um olhar rápido para constatar que ali era um quarto de hóspedes, o mesmo em que um dia cogitara viver caso a houvessem convidado para morar com eles. Sentiu um nó no estômago ao ver que aquele belo recinto, com grandes janelas e piso de parquete, fora transformado num depósito de tranqueiras, entulhado de caixas e porta-arquivos, sacolas com roupas, caixilhos, pilhas de fichários e papéis. O grande guarda-roupas que pertencera à família ocupava um canto na penumbra, onde era impossível apreciar o espelho chanfrado, as molduras, o belo trabalho de entalhe nas portas e a ferraria.

— Olha só, brigou tanto pra ficar com ele, e pra quê? Pra deixá-lo aqui jogado? — disse Marta logo depois, quando avançou pelo quarto em direção ao armário.

— Não brigou nada. A vó disse que ela podia escolher o que quisesse.

— E eu pedi pra ela não escolher o armário.

— Mas você já tinha escolhido os móveis do quarto — disse Graciela, sem prestar muita atenção enquanto erguia uma grande caixa branca atada por uma fita também branca.

— E o roupeiro completava o jogo... Além do mais, ela nem precisava. O Héctor teria comprado cinco desses caso ela pedisse.

— Esqueça o roupeiro e venha, quero te mostrar uma coisa — disse Graciela apoiando a caixa sobre uma velha mesa de jardim.

Marta se aproximou de Graciela e da grande caixa branca e dentro dela viu, protegido por uma camada de tecido, o vestido de casamento de Nora, aquele que tinha mandado trazer especialmente de Milão, de punhos bordados com pérolas autênticas e rendas finíssimas. Graciela tirou o vestido da caixa e o sacudiu como se fosse uma toalha de mesa cheia de migalhas. Apoiou-o contra o peito e disse:

— Olha que me serve.

— Não, Graciela — balbuciou Marta.

— Sou mais alta, eu sei... mas te garanto que serve — disse, e acrescentou depois de piscar um olho: — Não seria a primeira vez...

— Graciela! — guinchou Marta, interrompendo-a.

— Tá bem, tá bem. Deixo o vestidinho aqui, mas você tem que fazer algo pra mim. — Marta esperou em silêncio. Não lhe ocorria nada que fosse capaz de fazer e pudesse ser do interesse de Graciela. — Abra essa caixa aí, a azul, e escolha um desses xales de que você gosta tanto.

— Não precisa, Gra, eu não quero...

— Você merece — disse, então, Graciela, e sua voz soou igual a quando lhe dava ordens.

— E você?

— Eu já tenho o que queria — disse Graciela saindo do quarto.

***

Na metade da manhã, a casa já estava pronta e só faltava preparar o café. Marta e Graciela estavam na cozinha, queixando-se da moderna cafeteira que só a duras penas haviam conseguido carregar e pôr para funcionar, quando tocou o telefone. Graciela correu para atender e Marta se postou ao lado dela, com a orelha colada no fone.

— Ainda temos uma hora — disse Héctor.

— Não se preocupe com isso.

— Acharam tudo de que precisavam?

— Sim, não se preocupe, estamos terminando o café e vamos nos sentar para esperá-los. Está tudo pronto.

— Fico muito agradecido.

Graciela o despachou com uma despedida pragmática.

— Se ele começa a chorar, te juro que não sei... — disse Graciela ao desligar.

Marta ficou esperando a irmã completar a ideia, mas Graciela disse apenas que o café já estava pronto.

O aroma do café recém-feito inundou a casa. Num dos romances policiais que Marta costumava ler e de que tanto gostava ela havia aprendido que esse era um truque dos policiais: preparavam café após as primeiras perícias, até deixavam queimar, para tirar o cheiro de morto da cena do crime. Estremeceu ao pensar nisso e acrescentou o dado à longa lista de coisas que não podia comentar com Graciela, porque ela detestava esse seu gosto por livros policiais.

Bateram creme, serviram-no nas jarrinhas brancas e esquentaram o leite.

— Muitos preferem chá — disse Graciela, e Marta foi apressada pôr um bule de água para esquentar e lavar as xícaras de chá para colocá-las com a louça que haviam disposto numa mesinha de apoio.

— E os licores? — perguntou Marta.

— Se alguém quiser licor, que peça, assim vigiamos um pouco. Nessas situações todo mundo fica muito sensível, muito irritadiço.

— Nem uísque?

— Pior ainda, por causa do Héctor.

— Héctor... — Marta saboreou esse nome, tentando descobrir nele novos sabores. — E se for a última vez que vimos a essa casa? Agora que a Nora morreu...

Graciela largou o pano de prato sobre a bancada num gesto brusco e olhou para a irmã. Havia franzido a boca e Marta soube que estava se esforçando muito para manter o controle.

— Olha, Marta, se você não sabe seu lugar nessa família, o problema é seu — disse, e cada palavra soou como uma pedra atingindo o fundo de um poço. — Agora o Héctor está sozinho.

— Tem as crianças, não?

— Os dois já têm a vida deles. O Héctor está sozinho.

Marta pensou na própria filha, nas ligações esporádicas que recebia daquela estranha cidade que mal conseguia imaginar a partir das fotos que Camila havia lhe enviado nos primeiros anos, em como conversar com ela era cada vez mais difícil e tudo se reduzia a um intercâmbio de perguntas sobre a saúde, o trabalho, o clima, as diferenças de horário.

— Mas moram perto, se fazem muita companhia — retrucou Marta, que não estava tentando discutir com a irmã, mas sim deixar a conversa leve até que Graciela conseguisse dizer como fariam agora para não desaparecer completamente.

— Isso era com a Nora. Com o Héctor é diferente. Ele vai precisar da gente. Você vai ver. Os homens não sabem ficar sozinhos.

— É que...

— É que coisa nenhuma. Melhor ir lá abrir a porta que tem alguém chegando.

E nesse segundo tocou a campainha.

— Agora virou adivinha? — disse Marta arregalando os olhos.

— Vi pela janelinha da cozinha, besta. Está trazendo flores. Um arranjo enorme.

— Muito grande?

— Não sei onde vamos colocar. Isso é um problema... não há vasos decentes nesta casa.

— Abro eu? — quis saber Marta, indecisa entre ajudar a irmã a procurar um vaso ou receber o arranjo.

— Sim, vá lá. E pegue umas moedinhas na minha carteira pro moço...

Marta, de porta-níquel nas mãos, precisou atravessar toda a sala para chegar à porta de entrada e aproveitou esse instante para apreciar o brilho das colherinhas e dos garfos de sobremesa dispostos em leque ao lado das pilhas de pratos branquíssimos, o colorido dos salgadinhos e sanduíches organizados em torres de perfeita simetria nas bandejas de prata, a discreta dança das bordas arredondadas da toalha de mesa agitadas pelo ar das primeiras horas da tarde, o toque de frescor acrescentado pelo arranjo de flores que ela mesma havia escolhido e preparado, o aroma do café que carregava o ambiente de energia. Seu sorriso era pleno quando passou pela cozinha e escutou a irmã dizer:

— Deus queira que ninguém invente de mandar uma coroa pra cá. — E depois, quase para si mesma: — Seria muita falta de noção.

LIMBO

Não foi por vingança. Não sou uma pessoa vingativa. Falta-me memória emocional para alimentar um sentimento como esse. Tenho de fato uma excelente memória fotográfica. Sou capaz de lembrar o que estava vestindo na primeira consulta com Ribero, se estava com o cabelo preso ou solto, a cor das poltronas da sala de espera antes da reforma do sétimo andar, o número de canetas despontando no bolso superior do seu jaleco branco, a cor da gravata que ele usava. Mas não lembro o que senti quando, depois de espiar todos os exames com os quais eu tinha peregrinado durante um ano por clínicas, consultórios e hospitais, Ribero finalmente deu um nome para o que estava acontecendo comigo. Construo mentalmente a imagem desse momento e o resto está em branco. Como se não fosse eu quem estava lá escutando, mas uma foto minha em tamanho natural, um pôster. Isso já faz seis anos.

Uma semana atrás, telefonei para marcar o horário do meu acompanhamento anual. Em geral telefono para a recepção, não para o ramal da secretária, porque marcar um horário é burocracia das mais básicas e não gosto de incomodar Sandra por coisas assim. Mas nesse dia as pessoas da recepção disseram que Ribero não estava disponível e me ofereceram algum outro médico da sua equipe. Eu disse não, sou paciente de Ribero. No entanto, não consegui tirar deles nada além de simpatia e outras alternativas que não o incluíam. Desliguei, telefonei de novo e disquei o ramal do consultório. Só os pacientes mais antigos têm esse número e tratam Sandra pelo primeiro nome. Com ela nunca é preciso sobrenomes, datas de nascimento, número do plano de saúde. Nada. Tudo se resume a olá Sandra aqui é Fulana e em seguida ela nos cumprimenta cordialmente, oferece um horário ou pergunta do que precisamos. Nesse dia, ela me atendeu e disse "Não estou marcando horários, não tenho, mas posso encaminhá-la ao Munro, é da equipe dele, estou encaminhando todos os pacientes dele para o Munro, é sugestão do doutor".

Não foi fácil fazê-la baixar a guarda e esquecer o discurso que tinha preparado para acalmar ansiedades e reorganizar a complexa agenda de Ribero. Mas sou boa de conversa, sei reparar nas oscilações da voz do outro, colocar-me no seu lugar e ir encaixando as peças para que comentários inofensivos eventualmente se transformem em desculpas para chegar a outros, àquilo que não deve ser dito. Foi assim que consegui que Sandra por fim dissesse: "Terrível, ninguém sabe o que está acontecendo, três dias em Cartagena, volta bem e de repente é como se tivesse apagado. Foi internado".

Ribero estava internado na sua própria clínica. Nem sequer tentei arrancar dela o número do quarto porque me deu pena, eu sabia que, tão logo desligássemos, a pobre Sandra ficaria se lamentando por tê-lo traído, porque ia encarar aquilo como uma traição, assim como eu estava encarando como um triunfo ter arrancado dela o indizível: Ribero está doente e ninguém sabia o que ele tinha. Ribero não sabe o que Ribero tem. Ribero à deriva e à espera de que as mãos de outros controlem seus reflexos, analisem seu sangue, ergam suas chapas, apoiem-nas contra o vidro de alguma janela e o tirem da incerteza.

Estar doente e sem diagnóstico é como estar no limbo. Quando começou comigo eu já sabia, por exemplo, que meu corpo estava mal, que algo havia estragado, mas sem ter um nome para o que me acometia tudo era possível. Na lista de sintomas havia um formigamento nas pernas que estava na metade do caminho entre os ecos de um calafrio e a sensação de se estar caminhando sobre um colchão de água. Paralisia foi uma das opções. A isso se somavam os olhos caídos, as pálpebras pesadas e o fato de que claramente eu enxergava menos que antes. A alternativa se transformou em paralisia e cegueira. Os sintomas não se resumiam à própria existência, mas eram também um aviso do que estava por vir. A morte também era uma possibilidade. O limbo dos doentes sem diagnóstico é um salto de *bungee jumping*, um ataque de *rottweiler*, um escorregão na banheira: sabemos como começa, mas não como vai terminar.

É clichê dizer que os médicos são os piores pacientes. Mas para mim Ribero é muito mais que um médico. Depois daquela primeira consulta, foi como ter encontrado não apenas um médico e um diagnóstico, mas um pai para a minha doença. Um pai sincero, sem sentimentalismos e de mão firme. No dia em que deu nome ao que estava acontecendo comigo, ele falou com voz muito clara e depois ficou em silêncio, um longo silêncio. Estava me esperando, estudando minha reação, e logo depois que eu disse "E agora?", veio sua frase (a partir daquele momento eu o escutaria dizer isso em cada uma das três baterias de exames de controle anuais): "Não há por que dançar um mambo nem cantar um tango". Esses eram os dois extremos que Ribero divisava no universo anímico dos seus pacientes, e se encarregava de nos lembrar a importância de percorrer o caminho sem desespero. "Vida normal", essa era outra das coisas que gostava de dizer, como se a doença fosse regra e não exceção. O que pensaria agora, no seu leito de hospital, sobre as regras e as exceções?

A doença tem também seus próprios sonhos. Um dia sonhei que minha perna direita era feita de penas e eu não podia sair na rua porque o vento levaria as penas e eu ficaria sem perna. Sonhei que três funcionários de terno preto e chapéu-coco tocavam a campainha da minha casa para levarem minhas mãos. "São minhas", eu dizia, mas eles me mostravam uns formulários com o selo de não sei que ministério e eu sabia que precisariam levá-las. "São minhas", continuava chorando. Sonhei que menstruava papeizinhos com os nomes de cidades que não conheço. Sonhei que costurava lantejoulas no paletó de um gigante e precisava fazer isso enquanto ele dormia, sem despertá-lo. Sonhei que estava no zoológico e deixava cair um olho no tanque dos patos. Sonhei que inventavam uma cura.

Depois de perambular um pouco pela clínica, encontrei Ribero no quarto 162. Ribero com o torso nu, coberto até a cintura por um lençol branco. Não estava conectado a nenhum aparelho, não havia monitores acesos nem enfermeiras cuidando dele. Apenas Ribero seminu, dormindo. Vi um par de pantufas cinza gastas, um roupão azul felpudo ao pé da cama. Sobre a mesa de cabeceira havia uma garrafinha de água mineral, seus óculos, um celular, uma caneta com o logo da clínica, uma agenda e uma máquina de barbear elétrica. Será que sua camisa e sua gravata, suas calças de tecido e o avental branco estavam pendurados no armário do quarto? Estaria ali dentro também seu par de sapatos pretos, os mocassins com franja que eu achava engraçados e evitava olhar para me manter séria enquanto ele fazia os exames de equilíbrio, de força e de reflexos?

Os quartos de hospital não são como os de uma casa. Ao entrar, não sentimos a mão da intimidade a repousar sobre nossos ombros e tornar nossos passos mais lentos. São lugares, constantemente, invadidos por enfermeiras, médicos, funcionários da cozinha, familiares e amigos que fazem visitas breves ou se instalam em alguma poltrona demoradamente. No quarto de Ribero só havia Ribero. Sem os óculos, sua cara redonda e de pele tão branca o tornava parecido com um garoto sedado até o nocaute.

Lembrou-me o consultório de Ribero. Lá não há fotos, não há desenhos de crianças nem qualquer parafernália que pareça uma recordação de eventos familiares, tampouco há quadros. E o protetor de tela do seu computador é uma imagem típica de neurônios fazendo sinapses, das primeiras que aparecem se buscamos "neurônios" e "sinapses" na internet. De fato, parecia ter pegado emprestado aquele consultório, mesmo existindo na porta uma placa com seu nome e seu cargo, e isso que Ribero não é um médico qualquer naquela clínica, mas um chefe. Fazer uma bateria de exames lá dentro na posse de uma receita com seu carimbo é como ter um ingresso VIP. Todos se esmeram um pouco mais, são mais eficientes, mais escrupulosos nos protocolos e mais rápidos. Contudo, embora todos o conheçam, desde as recepcionistas até os técnicos e auxiliares, ninguém nunca me dirigiu nenhum comentário pessoal sobre ele, nem sequer elogioso. "Paciente de Ribero", anunciam-se uns aos outros no corredor que percorro da mesa de recepção à sala de ressonância, ao cubículo onde extraem meu sangue ou a algum dos outros especialistas que também atendem na clínica e preciso visitar de tempos em tempos para controlar todas as facetas de minha doença. Porque minha doença tem muitas facetas e ataca em diferentes *fronts*, embora, segundo Ribero, nem sempre possamos atribuir a ela tudo o que acontece comigo, e por isso a cada novo sintoma ou revés sua primeira reação não seja atacá-la com um medicamento, mas antes descartar outras possíveis causas. "É que essa não é a única coisa que acontece com seu corpo", eis mais uma das frases de Ribero. E é uma das minhas preferidas: ajuda-me a lembrar que, fora de seu consultório e de sua zona de influência, meu corpo continua no mundo, continuam lhe acontecendo coisas.

Uma noite, pouco depois do meu diagnóstico, sonhei que transava com Ribero. Fazia as mesmas coisas que meu marido (que naquela época me comia como se eu fosse quebrar), e a cada pouco me perguntava se eu sentia. "Você me sente?", perguntava Ribero. "Sente isso? Sente que estou te tocando aqui?" E eu não sentia nada. Ou não sentia nenhuma das suas carícias, mas sentia suas investidas ao me penetrar com força, e o ruído da sua respiração e o cheiro do seu suor, que era muito doce. Na próxima vez que o vi para uma consulta fiquei nervosa, envergonhada, e tentei não fazer perguntas para que me deixasse sair dali o mais rápido possível.

Com ele deitado inerte sobre um leito de lençóis rígidos, foi impossível voltar a inserir seu rosto na memória desse sonho. Tampouco consegui imaginar como faria, caso Ribero se recuperasse, para voltar a confiar nele, em seu cérebro, nos conhecimentos que havia adquirido durante tantos anos depois de tê-lo visto apagado quase até a morte. A partir do momento em que voltasse a abrir os olhos, seria um mistério. Aquele corpo e aquela mente, depois de resetados, poderiam ser os mesmos? Tive vontade de chorar. Estava furiosa. Como ele podia ter deixado acontecer uma coisa dessas? Ele, que era o rei das conferências, das equipes de pesquisa, dos diagnósticos afiados como facas, dos colóquios informativos, dos simpósios internacionais. Será que se rendera? Será que havia decidido me abandonar junto de todos os seus pacientes? Será que o havíamos cansado com nossas queixas, perguntas e reclamações?

Porque sei que me queixei muito. Mas também sei que jamais chorei na frente dele. Era impossível chorar com Ribero. Ele tinha uma habilidade desconcertante para converter qualquer dado da realidade mais subjetiva em estatística, e uma vez convertida em parte de um número maior, de um esquema que ia além de qualquer subjetividade, a emoção se dilui e vira material de análise. Fez isso quando lhe contei que meu marido havia me deixado.

Quase nunca tratávamos de assuntos pessoais. Essas coisas não ajudavam, nem lhe interessavam, nem acrescentavam muito ao que quer que fosse que ele analisava em mim e no meu corpo a cada encontro nosso. Mas eu havia me oferecido para participar de um estudo qualquer, de um grupo de testes qualquer para testar seja lá o que ele e sua equipe estivessem analisando.

Dentre outras coisas, minha doença tem três dos piores adjetivos: crônica, progressiva e incurável. Não é um soldado a ser enfrentado com vontade e boas armas, é um exército inteiro que invade e vai tomando pouco a pouco territórios, castelos, tesouros, cujo avanço se pode ver com absoluta impotência do alto de uma colina. Ribero e sua equipe, por outro lado, estão nas profundezas, analisando o comportamento desse exército, melhorando as armas para tentar freá-lo, estudando seus pontos fracos. Eu não podia começar a estudar medicina do zero e me converter numa pseudoeminência para, então, me unir a eles e ajudá-los nessa luta. Mas tinha a possibilidade de ser um dos instrumentos do seu laboratório. E informei-o disso. "Conte comigo para todos os testes que estiverem fazendo", disse um dia. "Quero ajudar." Foi uma das poucas vezes que vi no seu rosto algo semelhante a um sorriso. Concordou com um gesto e de repente eu já fazia parte do "Protocolo Season". Coletas de sangue uma vez por mês por doze meses. Litros de sangue entregues à causa. Também participei do "Electric Tree". Descargas elétricas mínimas para desenhar uma árvore de mil galhos que se iluminavam e apagavam traçando os detalhes do percurso defeituoso no meu painel neural. Para o "Season Food" precisei preencher uma planilha diária com cada um dos elementos que ingeria, desde as comidas principais até qualquer tira-gosto fora de hora, tão detalhada que durante dois meses quase não consegui pensar em outra coisa. No dia que contei a ele do meu divórcio, fiz isso porque Ribero me convidou para participar do "The Third Eye". Tratava-se de outro conjunto de planilhas com perguntas variadas, mas que deveriam ser preenchidas pela pessoa que morava com o enfermo. Até onde ele sabia, eu era uma das suas pacientes casadas, e, portanto, era lógico que me convidasse para participar, mas então precisei explicar que não mais, que meu marido tinha me deixado havia dois meses. Quase não consegui terminar a frase porque meus olhos se encheram de lágrimas, e senti o nó na garganta que me deixa à beira de uma crise de pranto. Gostaria de ter chorado com ele no seu consultório. Estive a ponto de me permitir isso, pois por um instante pensei que, se ele havia conseguido me tirar do limbo uma vez, poderia conseguir de novo. Mas não me deixou terminar nem prosseguir muito, simplesmente guardou as planilhas que ia me entregar e não serviam mais e disse: "Sabia que 25% dos homens com sua doença são abandonados pelas parceiras nos quatro anos após o diagnóstico, mas quando as diagnosticadas são mulheres o número sobe para 75%?". Fitei-o em silêncio. Precisava de mais alguma coisa. Um remate. E ele me deu. "Os homens não sabem cuidar." E em seguida começou a preparar a requisição para a ressonância seguinte, as receitas para as injeções dos quatro meses que se passariam até que eu voltasse a vê-lo e mais uma receita, que nunca tinha me passado antes, de uma droga em testagem para ter mais energia (a fadiga crônica vem no pacote com as dores, o formigamento, a perda de visão e outros etcéteras). "Não vá dançar um mambo nem cantar um tango", foi sua despedida, como sempre, como se fosse possível aplicar à minha devastação emocional o mesmo conselho que valia para o meu diagnóstico. Ribero nunca se enganava.

Mas vê-lo estirado numa cama, incapaz de seguir o próprio conselho, foi como voltar a ver meu marido saindo de casa com uma malinha na qual guardou apenas as roupas. Depois de tudo o que havíamos compartilhado, Ribero também pôde me deixar assim, no nada, e ficar meio morto entre os lençóis sem uma pontada de remorso por todos nós que agora ficávamos órfãos e ainda doentes. Ribero havia se apagado antes de nos encontrar uma cura, havia nos abandonado, e me ver doente, sem cura e sem ninguém para liderar as equipes que poderiam encontrá-la, era como voltar ao limbo. Meu terceiro limbo. Era só questão de tempo até que não restasse nem sequer uma boa lembrança, até que já não conseguisse evocar nem sequer seus conselhos. Eu já sabia que isso poderia acontecer, também era incapaz de evocar qualquer boa memória do meu marido, pois nesse caso havia o rancor, que também vai conquistando a partir de dentro; outro exército crônico, progressivo e incurável.

Ribero agora estava indefeso, deitado de barriga para cima, sem nenhuma expressão, a respiração mal agitando seu peito. Rodeei a cama e puxei uma cadeira. Sua mão ficou a dez centímetros da minha, aquela que tantas vezes eu lhe dissera como doía e para a qual jamais pudera me oferecer nada, nem calmantes nem fisioterapia nem nada. Mas agora minha mão, apesar do formigamento e da dor, era muito mais do que suas duas mãos que, como pequenos polvos mortos, outra pessoa, decerto uma enfermeira, havia acomodado sobre os lençóis nas laterais do seu corpo.

Perguntei-me se, apesar dos sedativos ou do que quer que tivessem lhe dado para deixá-lo assim, Ribero estaria sentindo dor. Qual seria o limiar de dor de Ribero? Havíamos falado muito sobre isso, sobre como ele vai mudando, sobre como é preciso ter paciência porque boa parte da qualidade de vida depende da paciência e do hábito, de ir ajustando os parâmetros de "normalidade" ao que a doença estabelece como novos padrões.

Depois do divórcio, também precisei ajustar todos os meus padrões de normalidade. E a cada passo, embora recebesse conselhos de amigos, familiares e outros tantos conhecidos que se aproximaram ansiosos (todos tão convencidos da própria felicidade e sabedoria que chegava a ser engraçado), os únicos conselhos que realmente me serviam foram os que ouvi de Ribero nos seis anos que estávamos juntos. Assim, ele foi não apenas um pai para a minha doença, mas também meu conselheiro para me tirar do luto amoroso e continuar funcionando. Mas agora já não estava comigo. Havia se rendido.

No quarto de Ribero havia luz demais, e naquela hora um raio de sol entrou pela janela e iluminou seu rosto, fazendo sua pele tão branca parecer quase transparente. Uma veia azul cortava sua bochecha esquerda e desaparecia logo abaixo do olho. Tive um momento para me dar conta de que jamais havia tocado no seu rosto antes. De que jamais o havia tocado senão para apertar sua mão ao chegar e partir depois das consultas. Ele tinha me tocado. Tinha me deixado estendida na maca do seu consultório, batido nos meus joelhos com seu martelinho de borracha, beliscado diferentes partes do meu corpo traçando o mapa das áreas insensíveis ao contato, segurado meus pés enquanto eu tentava erguê-los, mantido minhas pálpebras bem abertas para calcular a força dos músculos do meu rosto. Estiquei um dedo e o afundei na sua bochecha esquerda. A carne era macia, e quando fiz um pouco mais de força seu semblante se deformou, já não parecia só alguém dormindo, mas um garotinho fazendo caretas diante do espelho. Belisquei suas pálpebras e mantive-as erguidas, mas não para calcular a força dos músculos do seu rosto, e sim para reencontrar seus olhos azuis. Não havia ninguém ali. Quando segurei seu rosto com as duas mãos e esmaguei suas bochechas até que a boca ficasse parecida com a de um coelhinho, senti nojo. Aquele não podia mais ser Ribero, não restava nada dele, e por isso não apenas havia partido, como também não voltaria. E precisei conter a vontade de beijar seu rosto. Só então me dei conta de que em todos aqueles anos nunca havia usado seu nome, nunca o chamei de Ribero isso ou aquilo, muito menos o chamava de "doutor", simplesmente tratava-o por "senhor". Mas naquele dia, sentindo o som da respiração do corpo que Ribero havia abandonado, abandonando-me também, eu me aproximei até ficar a poucos centímetros do seu rosto, aproximei a boca do seu ouvido até quase roçá-lo e disse: "Ribero covarde". Chamei-o de "co-var-de" e desejei que estivesse me escutando, que sentisse meu hálito e soubesse que era eu quem estava ali, e não qualquer outro dos seus muitos pacientes a quem certamente ele dizia as mesmas coisas que me dizia cujas vidas estavam fichadas em planilhas idênticas às minhas. Dessa vez eu seria a única e a mais importante, aquela que ele devia salvar e deixara para trás sem se perguntar como eu faria para seguir adiante. "Ribero, filho da puta", eu disse, então, e levei a mão dolorida ao seu rosto e, com os mesmos dedos que haviam perdido toda a sensibilidade à temperatura e ao contato e que o fizeram atirar a toalha muito antes de me abandonar de todo, apertei seu nariz com força.

De início não aconteceu muita coisa, mas em seguida senti um pequeno tremor e vi que a cor do seu rosto ganhava intensidade, como se estivesse voltando de onde quer que havia estado. Não abriu os olhos. Não começou a convulsionar ou se agitar em sinal de defesa. Seu peito simplesmente parou de se mexer.

Se houvesse entrado uma enfermeira, se alguém tivesse passado para conferir se Ribero estava bem, as coisas teriam terminado de outro modo, mas na clínica de Ribero, sem Ribero, ninguém mais era capaz de salvar nem cuidar de ninguém.

ÀS ESCURAS

Para Mauro, o mais valente

— Não vão me dar nem um beijo?

A mãe está na porta do apartamento, prestes a sair, e fala com Roxy e Facundo, que olham para ela sem fazer qualquer gesto nem menção de se aproximarem.

Roxy tem dez anos, cabelo castanho e liso e olhos marrons muito grandes. Não acha que seu pai esteja viajando, como lhe diz sua mãe sempre que pergunta por ele, tem certeza de que na realidade ele já morreu. É muito inteligente e não escuta tudo o que lhe dizem, mas tenta escutar tudo o que não querem lhe dizer. Roxy tem um caderno em que anota as datas das coisas importantes. Em 6 de agosto de 1978, viu seu pai pela última vez, mesmo dia em que se mudaram para o apartamento da rua Directorio. Em 19 de dezembro de 1978, falou com ele por telefone pela última vez (um dia depois precisaram abandonar o apartamento e todas as suas coisas e foram passar alguns meses na casa de uns amigos da sua mãe). Já se passaram três anos e sete meses desde aquela ligação, como é possível que seu pai esteja viajando há quase quatro anos e jamais tenha voltado, nem sequer para visitar, e sequer telefone? Quando pergunta isso à sua mãe, ela responde que ele está muito ocupado trabalhando e que telefona, mas telefona muito tarde, quando ela e Facundo já estão dormindo. Roxy acreditou nessa explicação por um tempo, como acreditou nos Reis Magos, no Papai Noel e na fada do dente. Um dia parou de acreditar, mas continuou fingindo, como fingia sua mãe, porque pensou que caso contrário havia o risco de que Facundo também suspeitasse, e o que Roxy mais quer no mundo é proteger seu irmão, que parece tão feliz naquele momento semanal em que sua mãe pede para desenharem e escreverem cartas ao pai.

Com sete anos, cabelo loiro cacheado e olhos muito pretos que parecem brilhar no escuro, Facundo lembra um animalzinho selvagem, desses extremamente inteligentes e ariscos. Faz três meses que Facundo não fala. Nem uma palavra. Acordou aos gritos de um pesadelo e, depois que sua mãe conseguiu acalmá-lo, não voltou mais a falar. Comunica-se com Roxy por meio de uns poucos sinais, porque ela entende tudo. Com a mãe precisa se esforçar mais, e às vezes até escreve bilhetes.

— Sério que não vão me dar nem um beijo? — insiste a mãe.

— Não — diz Roxy secamente, e passa um braço sobre os ombros do irmão para trazê-lo mais perto. — Você está de castigo até amanhã.

Então a mãe olha para um lado e sorri cúmplice para Nilda, a mulher que ficou esse tempo todo de pé ao lado da porta aberta do apartamento como se esperasse impaciente que a mãe fosse embora de uma vez.

— Estou de castigo porque hoje os tirei do cinema antes do filme terminar — explica a mãe para Nilda, e pisca um olho para ela. — Mas é que uma certa mocinha estava tapando o rosto com a jaqueta, e um certo rapazinho pediu para fazer xixi três vezes.

Nilda a escuta e sorri, mas é um sorriso curto, de má vontade.

— Está bem — diz, enfim, a mãe, acomodando a bolsa sobre o ombro. — Sábado voltamos ao cinema e vocês veem o filme inteiro, até o final, e se depois não conseguirem dormir, azar de vocês, nem pensem em vir para a minha cama.

Roxy diz algo no ouvido de Facundo e ele assente, mas não sorri. Consideram a oferta boa, ainda que não ideal, e sabem que precisam aceitá-la antes que acabem sem nada. Roxy volta a falar com Facundo e os dois, no outro extremo do corredor, mandam um beijo no ar para a mãe e depois se fecham no quarto (se não ganham tudo, sua mãe tampouco pode ter tudo).

Nilda, a mulher que continua segurando a porta aberta, uma vizinha do edifício que a mãe contrata duas noites por semana para cuidar das crianças enquanto cumpre seu turno no hospital, por fim diz:

— Você vai se atrasar.

A mãe olha para o relógio e se apressa em enumerar o mesmo que sempre diz antes de ir embora: a comida na geladeira, a lista com os telefones do hospital, dos avós das crianças, a caixinha onde deixa um pouco de dinheiro extra, o porta-comprimidos com o remédio para convulsão de Roxy e o rádio que precisa ficar ligado para dormirem. Nilda responde sim para tudo mecanicamente e, quando a mãe, enfim, sai e ela consegue fechar a porta, fica olhando pelo olho mágico.

Roxy e Facundo, que acabam de sair do quarto, estão de pé atrás de Nilda e olham para ela enquanto ela olha para a mãe.

— Foi embora? — pergunta Roxy.

Nilda diz que sim e os três aplaudem com vontade. Roxy e Facundo riem. É uma risada empolgada, carregada de nervosismo, como se estivessem no ponto mais alto de uma montanha-russa logo antes de começar a cair.

— E agora, o que fazemos? — pergunta Nilda, agachando-se até ficar da altura das crianças num tom que nada se parece com uma pergunta, porque ela sabe exatamente o que vão dizer.

— Vamos ficar no escuro! — grita Roxy, erguendo os braços e saltando no lugar. Facundo imita os gestos da irmã em total silêncio e logo depois corre ao lado dela para fazerem o mesmo que fazem todas as terças e quintas à noite há alguns meses, desde que Nilda passou a cuidar deles: apagar todas as luzes do apartamento, todas.

Enquanto as crianças correm de um lado para o outro, Nilda abre sua grande bolsa e tira dali três lanternas pequenininhas, que coloca sobre a mesa de centro da sala. Depois, fecha as cortinas da janela e, como sempre, queixa-se por aquela janela não ter persiana. A cortina deixa passar claridade demais e uma boa parte do apartamento fica apenas na penumbra. Os melhores lugares são a cozinha, o banheiro e os quartos. Nesses lugares sim, quando fecham a porta, tudo fica tão escuro que os olhos chegam a doer.

— Prontos? — pergunta Nilda.

Das sombras, Roxy responde:

— Prontos!

Facundo segura forte a mão da irmã, que o tranquiliza acariciando seu cabelo. Sempre fica um pouco ansioso antes de tudo começar.

— Quando cheguei, escondi o anel em algum lugar da casa — diz Nilda. — Quem encontrar primeiro será o amo da noite.

Facundo é rápido de reflexos (ou viu quando Nilda chegou, conforme acusa Roxy) e encontra o anel entre as almofadas do sofá grande antes mesmo de a irmã sequer começar a procurar a sério.

Como amo da noite, Facundo decide comer salsichas com queijo derretido e usar velas em vez de lanternas quando se sentarem para jantar.

Nilda tira quatro velas grandes da bolsa e as entrega para Roxy, que puxa Facundo pela gola da camiseta para irem juntos, tateando, até a cozinha, onde encontram os fósforos. Sua mãe não deixa que usem fósforos, mas Nilda sim. E isso é um segredo, um dos muitos segredos que Roxy e Facundo compartilham com Nilda.

Outro dos segredos é a escuridão. A mãe das crianças nem imagina que os filhos e aquela mulher passam o tempo inteiro na mais absoluta escuridão. Não contaram a ela sobre todas as mudanças do cardápio, nem da brincadeira de amo da noite, nem que ela os ensinou a rezar o pai-nosso, nem que com Nilda jamais dormem escutando o rádio, mas sim os contos que ela mesma inventa quando já estão deitados na cama. Tampouco lhe contaram sobre Miguel, o marido de Nilda, que às vezes vai até o apartamento quando a mãe já saiu e também brinca no escuro com eles. Outra coisa que não contaram é que Nilda andou perguntando de pai, dos amigos da mãe e dos lugares onde moraram. Nem disseram nada sobre as vezes que tomaram Coca-Cola e picolés (dois dos presentes que Miguel leva ao visitá-los e que fazem disso — segundo Roxy explicou a Facundo — um segredo dentro de outro segredo).

Roxy está orgulhosa dessa vida clandestina que levam com Nilda. Faz com que ela se sinta em vantagem em relação a Nilda e à própria mãe. Porque, assim como sua mãe não sabe nada sobre o que fazem com Nilda quando ela não está, Roxy tampouco respondeu às perguntas de Nilda dizendo a verdade, mas sim as versões que sua mãe ensinou e ela e Facundo precisaram praticar milhares de vezes até decorar.

Sua mãe havia explicado que certas coisas só a família pode saber, e que a família são só eles três e seu pai. Roxy às vezes se pergunta como é possível pertencer a uma família de quatro se um dos membros já não está presente e não resta nenhum vestígio seu, nem sequer uma foto com seu rosto. Só há uma foto com as mãos de um homem de relógio segurando no ar Facundo ainda bebê, rindo às gargalhadas. Roxy sabe que aquelas são as mãos do pai porque sua mãe contou e porque se lembra bem daquele relógio prateado. Quando seu pai se entusiasmava e começava a discursar, fazia muitos gestos, e o relógio lançava feixes de luz como se fosse uma bola espelhada. Roxy achava muito engraçado que nem seu pai nem ninguém parecesse perceber que tudo o que ele dizia acabava se transformando num show de luzes.

Facundo segura as velas enquanto Roxy risca os fósforos.

— Quer ver do que nós escapamos? — pergunta Roxy.

Ele sorri e ilumina sua irmã com as velas enquanto ela abre a geladeira e ergue a tampa da travessa com a janta que sua mãe deixou para os dois e Nilda deveria requentar. As crianças começam a rir justo quando Nilda entra na cozinha e pergunta:

— Qual era o cardápio de hoje?

— Moranga recheada — diz Roxy, e ela e o irmão imitam Nilda, que tapa o nariz e mostra a língua.

— Eca — dizem os três em coro.

Como todas as terças e quintas, nesse instante a bolsa de Nilda se transforma num artefato mágico que faz a comida preparada pela mãe desaparecer e de onde saem os ingredientes básicos para os dois ou três pratos dentre os quais, no seu papel de amos da noite, as crianças sempre escolhem um (*panchos*, hambúrguer ou pipoca salgada).

Os três preparam juntos as salsichas, cortam os pães, colocam maionese num canto de cada prato e contam até cinquenta enquanto esperam que o queijo dos *panchos*, já no forno, derreta do jeito que eles gostam. Depois levam os pratos servidos para a sala e sentam-se no chão, de pernas cruzadas, ao redor da mesa de centro, para comer como se estivessem num piquenique. Depois de se acomodarem, Nilda sopra as velas e não veem mais nada.

Facundo adora comer no escuro porque assim tem uma desculpa para pegar a comida com a mão, sujar os dedos e a roupa e não se sentir culpado caso derrame a bebida ou suje o cabelo de maionese. E Roxy gosta por saber que seu irmão, ao menos por uns poucos minutos, deixa de se preocupar tanto. Facundo está sempre preocupado com alguma coisa, e às vezes fica tão sério que Roxy não consegue conter o impulso de fazer cosquinhas nele. Quando as cosquinhas funcionam, Facundo tem um dos seus ataques de riso. Mas quando isso não surte efeito ele se ofende e fica ainda mais sério, e Roxy sente um nó se formando no estômago. Odeia se equivocar com ele, porque seu irmão é a única pessoa no mundo que ela se sente realmente capaz de proteger.

— Hoje o Miguel vai trazer uma surpresa pra vocês — diz Nilda de repente.

Os olhos das crianças já se adaptaram à escuridão e os dois conseguem ver que Nilda está sorrindo. Ela é a única que fica feliz com as visitas do marido. Porque, embora ele sempre traga picolés e Coca-Cola, Roxy não gosta que Miguel se junte a eles. É um homem muito rígido com as regras, e brincar com ele pode ser até complicado. Mas o que menos gosta é que, embora Facundo diga que não, ela sabe que o irmão fica nervoso na sua presença. As cosquinhas nunca funcionam quando Miguel está lá. Roxy supõe que é porque nunca puderam ver sua cara direito. Miguel chega sempre quando já apagaram todas as luzes e vai embora um pouco antes de Nilda botá-los para dormir. E tem uma voz grave e rouca que ressoa pelo apartamento quando ele conta em voz alta para os outros se esconderem, quando repete as regras de "encontrar o assassino" que já sabem de cor ou quando discute com Nilda por alguma coisa. Miguel está sempre a desafiando.

— Vocês vão adorar a surpresa — diz Nilda, e, como se tivessem ensaiado, a campainha toca bem nesse instante.

Facundo aperta o joelho de Roxy por baixo da mesa e ela se surpreende com o quanto a mão dele está gelada.

Nilda atende o interfone e depois abre a porta do apartamento para esperar o marido. A cada tanto dá uns passos pelo corredor e aciona a luz automática. Por alguns segundos, a luz do corredor acende e invade o apartamento. Num desses momentos de luz, Roxy olha para Facundo e vê que não apenas está sério, como seus olhos estão brilhando. É sua cara de medo, e Roxy não gosta nem um pouco daquela cara. Então tem uma ideia e engatinha ao redor da mesinha até ficar ao lado do irmão.

— Você é o amo da noite? — pergunta no seu ouvido.

Facundo seca rapidamente os olhos e Roxy sabe que leu bem seu irmão e está prestes a oferecer justo o que ele precisa.

— O amo da noite escolhe a primeira brincadeira com prenda, não? — A luz do corredor acende e Roxy vê que Facundo está assentindo com a cabeça. — Então sugiro que você, que é o amo da noite, decida que hoje vamos brincar de esconde-esconde em duplas. — Facundo franze o cenho por um segundo. — Nós dois contra eles — termina de explicar Roxy, e Facundo nem sequer responde, apenas se agarra com força à irmã e a ajuda a se levantar.

Escutam Miguel abrir a porta do elevador e Nilda cumprimentá-lo enquanto aciona mais uma vez a luz do corredor. Está olhando para o marido de costas para as crianças, mas caso tivesse se virado nesse momento teria visto Roxy e Facundo correndo pela sala em direção ao corredor que dá no banheiro e nos dormitórios e, dentro do armário do quarto de casal, embrenhando-se no esconderijo que a mãe fabricou para eles e onde disse que deveriam se esconder se um dia algum desconhecido entrasse no apartamento à força, ou ela mandasse que eles se escondessem, ou a ouvissem gritar, ou sentissem medo pelo motivo que fosse.

Ao se enfiarem no esconderijo, sentem que estão adentrando uma escuridão dentro de outra escuridão. Mas não têm medo do escuro, pelo contrário, e até riem ao se encontrarem ali, em meio a outras coisas que sua mãe guardou para eles, uma lanterna e diversas pilhas. Roxy guia Facundo e o acomoda à sua frente, onde consegue envolvê-lo com os braços. As mãos de Facundo já não estão frias e ele se aconchega junto a ela. Roxy escuta a respiração agitada do irmão. O esconderijo tem o mesmo cheiro do armário, uma mescla do perfume da sua mãe e naftalina.

Lá fora, Nilda chama por eles. Pouco depois, também escutam a voz rouca e grave de Miguel dizendo seus nomes. Primeiro parecem preocupados. Depois nervosos. Depois irritados. Abrem e fecham portas. Entram e saem várias vezes dos mesmos cômodos. Arredam móveis. Discutem entre si. Por alguns segundos fazem silêncio e quando voltam a chamá-los falam com voz suave, tentam persuadi-los com promessas, pedem por favor. Mas nem Roxy nem Facundo pretendem responder ou sair. Sua mãe lhes disse que, uma vez ali dentro, não devem sair do esconderijo até ela pedir, ou seus avós virem buscá-los, ou se passar tempo demais e ninguém vier buscá-los, e que antes de colocarem a cabeça para fora devem ter certeza de que já não há ninguém perigoso lá fora.

BEM-AVENTURADOS

Rosa sempre estava à mercê dos humores da dona Laura: num instante a senhora estava bem, e no seguinte tudo podia mudar. Às vezes ficava ausente, como se houvesse apagado. Às vezes começava a chorar. Era um pranto entrecortado e carregado de angústia. Rosa ficava de coração partido ao vê-la assim. Só seu filho mais novo, agora com quase quinze anos, chorava com a mesma angústia quando era bebê, e com ele Rosa havia sentido a mesma impotência. Outras vezes, dona Laura ficava inquieta, muito nervosa, e lhe dava instruções que não faziam nenhum sentido. Nesses momentos Rosa lhe dizia alguma coisa, oferecia algo para comer, tentava distraí-la de qualquer jeito para interromper seus pensamentos e trazê-la de volta. Ninguém havia dito que aquilo era parte do seu trabalho. Ninguém havia pedido que fizesse aquilo, e, caso fracassasse, também não a teriam culpado. Mas depois do último episódio, Rosa havia decidido que, se algo de ruim acontecesse com a senhora, não seria sob seus cuidados, não enquanto ela estivesse presente e pudesse evitá-lo.

As coisas nem sempre tinham sido assim. Durante muito tempo, Rosa havia permanecido indiferente à senhora e se ocupava apenas das tarefas da casa que seu Alberto solicitava todas as manhãs antes de sair. Mas agora se arrependia de ter estado tão cega, de ter sido tão egoísta.

E Rosa sabia exatamente quando tudo havia mudado, tinha sido no ano anterior, no dia do aniversário da dona Laura. Naquela manhã, como sempre, seu Alberto saíra cedo, deixando Rosa encarregada das compras e do jantar para a festa. Havia dito que naquela noite viriam alguns amigos para celebrar. Rosa arrumou a casa (nem sequer se lembra de ver dona Laura ou de cumprimentá-la ao chegar). Ao meio-dia, foi comprar um bolo na confeitaria de que seu Alberto gostava e os ingredientes para preparar a refeição. Ao voltar, encontrou dona Laura no banheiro. Estava tudo cheio de água e sangue.

Veio uma ambulância e alguns socorristas levaram a senhora. Rosa havia ficado limpando, devolvendo cada coisa ao seu lugar. Tampouco ninguém pediu que fizesse isso, mas ela não suportou a ideia de que seu Alberto voltaria do hospital e dormiria sozinho na casa bagunçada, deparando-se com os vestígios do ocorrido. Quando terminou, eram cerca de duas da manhã. Rosa telefonou para a sua casa e pediu ao marido que fosse buscá-la. Embora de fato tivesse medo de pegar o trem àquela hora, telefonou porque queria ficar um pouco sozinha com ele, contar o que havia acontecido, o que havia visto. Ele a ajudaria a pensar.

Era um homem sábio, lido, de olhinhos miúdos e cabeça grande. Falava pouco, mas sempre tinha algo a acrescentar depois que os outros já haviam dado tudo o que tinham numa discussão.

Os dois sozinhos na cabina da velha caminhonete, Rosa havia pensado que precisava disso mais do que de qualquer outra coisa. Durante o trajeto, Rosa falou. Aos tropeções, foi dando forma ao que havia acontecido naquele dia, e depois retrocedeu ainda mais, porque bastava se esforçar um pouco para se lembrar dos sinais, da tristeza enorme que nunca abandonava dona Laura, do desfile de médicos, do saquinho branco atulhado de comprimidos que ficava na mesa de cabeceira da senhora, mas em especial da preocupação constante de seu Alberto. O marido só a interrompeu duas vezes. A primeira foi para lhe dizer que naquele domingo pediriam na igreja uma oração em nome de dona Laura. Rosa se revirou no assento. Podiam pedir uma oração por alguém que havia tentado se matar? Esse não era um pecado imperdoável? Ou só era pecado se chegasse até o final? Não estava muito convencida, mas ele disse que sim, pediriam uma oração pela senhora. Rosa não conhecia ninguém tão nobre, tão inteligente e tão generoso quanto seu marido, e jamais o teria questionado num assunto como aquele, porque estar à altura dele, merecê-lo era uma das coisas que sempre desejava.

A segunda vez que ele falou, foi para perguntar se ela não poderia ter feito nada para evitar. Rosa se surpreendeu mais uma vez ao escutá-lo dizer o que já sabia: para seu marido as pessoas eram iguais de verdade, próximas, irmãos da vida, para o bem ou para o mal. Rosa, por sua vez, sentira até então que ela e a senhora nem sequer compartilhavam a mesma casa, apenas transitavam em duas casas idênticas, mas separadas, conectadas somente de formas ocasionais e misteriosas. Apenas se esbarravam de vez em quando em algum cômodo, ou quando Rosa levava o café da manhã ou lhe servia o almoço, ou quando a senhora a chamava para pedir alguma coisa. Se a senhora entrava num dos quartos onde ela estava trabalhando, detinha-se de repente, como se houvesse se deparado com um beco sem saída num labirinto, dava meia-volta e ia embora.

A primeira coisa que Rosa pensou quando seu marido perguntou se ela poderia ter evitado foi que não, não poderia ter feito nada, ninguém poderia ter feito nada, nem é tão fácil assim perceber que uma coisa dessas está para acontecer, inclusive quando a pessoa age como dona Laura. De fato, a senhora rondava pela casa havia muitos meses como um fantasma e nunca, jamais, nem mesmo seu Alberto, sempre tão atento, parecera suspeitar que ela poderia chegar tão longe. Depois Rosa entendeu que na realidade o marido falava de outra coisa: não de evitar que ela tentasse, mas de impedi-la de sequer cogitar uma coisa dessas, estendendo-lhe a mão para tornar sua vida um pouco mais agradável, menos solitária, menos obscura. Seu marido achava que dona Laura temia a escuridão da alma e por isso tentava se esquivar, para não sentir a mais profunda das dores, aquela dos que se acham invisíveis. Assim explicou ele.

Depois daquela noite, e daquela conversa, Rosa achou que começava a entender certas coisas e pela primeira vez na vida sentiu que, afinal de contas, ela podia sim fazer alguma coisa, e, portanto, tinha uma missão. E chamou a si mesma de soldado de Deus. Havia escutado isso tantas vezes. O pastor dizia o tempo inteiro. "Somos soldados de Deus", "somos o exército do Senhor". Mas só então Rosa encontrou um sentido para aquela convocatória. Não contou o plano ao seu marido por temer que discordasse dele ou dissesse que ela estava exagerando. Seu marido sempre distorcia muito as coisas que escutavam na igreja. Quando saíam, repassava os sermões pensando em voz alta, e Rosa conseguia ver as palavras ganhando um novo significado que às vezes a confundia. Por isso guardava para si alguns pensamentos, especialmente os que a comoviam, porque preferia não expô-los ao escrutínio daquele homem sábio e tenaz, misericordioso mas implacável.

***

Quando dona Laura voltou do hospital, dois meses depois da tentativa de suicídio, Rosa já havia se convencido de que aquela alma estava nas suas mãos e de que deveria salvá-la. De início, a nova postura de Rosa exigiu certos ajustes e muita paciência. Dona Laura, acostumada a ficar sozinha, fugia dela sem dissimular. E Rosa precisava inventar um montão de desculpas para segui-la de quarto em quarto, até a senhora enfim se render e se acomodar num sofá, ou na cozinha, ou perto de uma janela, permitindo, então, que Rosa se dedicasse às suas tarefas naquele cômodo. E assim foi: corrida, perseguição, rendição e novas fugas, até que dona Laura pareceu entender que a única maneira de se livrar de Rosa era mandá-la ao mercado, a uma loja ou à casa de algum amigo ou parente com um pretexto qualquer. Durante algumas semanas, Rosa não teve escolha senão atender a esses pedidos, e passou horas de grande preocupação longe da senhora. Ao voltar, costumava encontrá-la recostada na cama, bebendo de pequenos goles um copo de leite frio. No entanto, conforme os dias foram passando, tornou-se cada vez mais comum encontrá-la à sua espera, então Rosa aproveitava para contar o que tinha visto na rua, os cheiros do mercado, alguma conversa ouvida de passagem. E como, tendo passado tanto tempo fora, ainda tinha todo o trabalho da casa por fazer, Rosa começava seu relato na cozinha e continuava-o pelos corredores, quartos e banheiros, transformando esse fluxo constante de palavras num laço que atava a senhora e obrigava a acompanhá-la pelo casarão, a se movimentar, a pensar em coisas que não haviam nascido na sua própria mente mas, pelo contrário, estavam vivas lá fora. Rosa achou um bom sinal quando a senhora começou a participar com perguntas muito precisas, e lhe dava respostas esmeradas e repletas de detalhes.

Rosa foi ajustando seus horários e sempre chegava antes de seu Alberto sair. E ficava até ele voltar. Assim, garantia que a senhora não ficasse nenhum minuto sozinha. Por isso, os finais de semana foram se tornando motivo de inquietação para ela. Seu Alberto passara a confiar muito na melhora de dona Laura, e embora tivesse certeza de que ele não a deixava sozinha, Rosa também estava convencida de que ele jamais seria capaz de perceber as alterações de humor da sua esposa e muito menos antevê-las. Quando chegava segunda-feira, Rosa precisava disfarçar sua ansiedade para sair de casa e ir ao encontro de dona Laura para retomar sua missão. Às segundas-feiras, além do mais, contava tudo o que havia feito no fim de semana, e essas costumavam ser as conversas mais animadas. Algumas vezes, dona Laura até mesmo participara com algo além de perguntas.

Mas aquela segunda-feira era diferente. Era o aniversário de dona Laura outra vez, e Rosa passou todo o trajeto de casa até o trabalho se perguntando se aquele dia teria algum significado especial, se afetaria a senhora de alguma forma nova.

Ao chegar, Rosa encontrou seu Alberto tomando café da manhã sozinho na cozinha. Deu bom-dia, e ele respondeu dizendo que a esposa ainda estava no quarto, e era para deixá-la dormir até mais tarde porque tivera uma noite ruim e precisava descansar. Rosa escutou e respondeu que sim, mas na verdade estava planejando preparar uma bandeja com o café da manhã e acordar a senhora tão logo seu Alberto saísse. Nada de quartos às escuras, nada de camisolas ou lençóis amassados nem silêncio. Não era dia para nada disso.

Seu Alberto saiu meia hora depois, anunciando que naquele dia voltaria mais cedo e deixando Rosa encarregada de preparar alguma coisa gostosa para comer, algo especial, disse, um pouco antes de pedir que comprasse uma garrafa de champanhe. Embora fossem só eles dois para o jantar, o senhor estava decidido a deixar aquele dia o mais parecido possível com uma festa de verdade. Temos muito que comemorar, disse. Essa foi sua única referência ao acontecimento do ano anterior, e Rosa não soube exatamente o que pensar dessa referência. Teve vontade de dizer que parecia mais aconselhável eles jantarem o mesmo de todas as segundas, algo com peixe, porque achava que o melhor para dona Laura era a rotina, coisas conhecidas e previsíveis que não favoreceriam evocações. Mas decidiu não discutir com o senhor, pois se deu conta de que aquela situação era um exemplo perfeito do que seu marido dizia ao observar que ela costumava subestimar as pessoas, e que essa falta de confiança dizia mais sobre seus próprios preconceitos e vaidade do que sobre a competência dos outros. Rosa não gostava de ser assim, achava o preconceito e a vaidade atitudes horríveis, mas tinha dificuldade de evitá-los. Seu Alberto em particular, tão bondoso e tão cego pelo próprio entusiasmo, parecia aos olhos de Rosa bobo como uma criança.

Quando levou o café da manhã para dona Laura, ela já estava acordada e cumprimentou Rosa, perguntando sobre o fim de semana enquanto alisava os lençóis para poder apoiar a bandeja. Rosa se autocongratulou por não ter esperado mais, pois a senhora parecia alerta e bem-disposta, e assim seria muito mais simples entretê-la e fazê-la andar pela casa a um bom ritmo. Ainda hesitou um pouco enquanto fazia as compras no supermercado, mas quando voltou para casa carregando uma garrafa de champanhe e um corte de carne magro e caríssimo, coisas que não seriam esperadas antes de quinta-feira, tranquilizou-se ao ver que dona Laura não demonstrava nenhum sinal de inquietação, nenhum gesto de incômodo ou surpresa. E então Rosa pensou que talvez a rotina, o esperado de um dia como aquele, fosse justamente comerem algo diferente, algo especial, como havia dito seu Alberto. Rosa ficou envergonhada, como se o marido tivesse descoberto seus pensamentos e agora a censurasse por ter questionado os planos de seu Alberto. Afinal de contas, ele de fato havia ficado ao lado da senhora todos aqueles anos, tantos anos, inquebrantável. Já Rosa só ocupava um lugar de fato naquela casa havia uns poucos meses. Os anos anteriores, quando permanecera tão indiferente, não tinham nenhuma importância, apenas a faziam se sentir culpada. Nem conseguia imaginar o que poderia ter feito pela senhora caso houvesse reagido antes; quantas mudanças teria conseguido caso tivesse se envolvido a tempo, quanta dor teria evitado. Estivera tão ausente, tão ensimesmada, que nem sequer se lembrava dos aniversários anteriores, tampouco saberia dizer quantos anos exatamente a senhora estava completando.

Naquela tarde, seu Alberto chegou muito mais cedo do que de costume, trazendo uma grande caixa branca enfeitada com um laço espesso de tecido azul brilhante. Rosa ajudou-o a carregar o pacote porta adentro e compartilhou com ele certa emoção típica da alegria antecipada.

Dona Laura estava sentada na ponta do sofá grande, sorridente, as mãos juntas apoiadas no colo, e olhava alternadamente do marido para a caixa. Depois de ajudar seu Alberto a acomodar a caixa no chão, em frente à senhora, Rosa foi até a cozinha buscar a garrafa de champanhe e as taças, como lhe haviam pedido. Não se apressou, mas decidiu esperar junto à porta dupla que dava para a sala, porque Rosa não acreditava que a ordem correta fosse brindar antes para só depois abrir os presentes. Acomodou-se num lugar onde seu Alberto pudesse vê-la e pedir que entrasse quando achasse oportuno. Além disso, dali Rosa podia estudar os gestos da senhora e, se julgasse necessário, intervir. De início ficou esperançosa ao perceber que dona Laura não havia cruzado os braços nem estava sentada com as costas exageradamente eretas. Permanecia conectada e atenta, respondendo com sorrisos aos comentários de seu Alberto que Rosa não chegava a ouvir. Sentiu alívio quando a senhora finalmente se esgueirou sobre a caixa e puxou uma das pontas do laço azul; Rosa aproveitou para se aproximar e apoiar a bandeja na mesinha ao lado de seu Alberto. Dona Laura terminou de desfazer o laçarote e, antes de erguer a tampa e revelar o presente, enroscou a fita azul nos dedos e guardou-a num dos bolsinhos do vestido. Foi então que seu Alberto não aguentou mais e disse "Deixe que eu abro", enquanto dona Laura se atirava para trás no sofá, um pouco para abrir espaço e outro tanto para evitar o contato. Assim não, pensou Rosa, e nesse momento dona Laura a buscou com o olhar. Quando seu Alberto abriu a caixa e Rosa pôde ver o que havia lá dentro, não pensou apenas numa coisa, mas em centenas de motivos e argumentos que faziam daquele presente a pior ideia do mundo.

Mas Rosa não podia fazer nada, não dessa vez, não contra seu Alberto e o cachorrinho, um filhote de raça mergulhado em sono profundo que ele mesmo havia escolhido e comprado para a esposa. Rosa logo voltou a pensar no que o marido dissera sobre vaidade e preconceitos, e lhe pareceu urgente rever as próprias atitudes e pressupor que o senhor havia feito suas averiguações, que devia ter falado com os médicos para se assegurar de que poderia ser bom para a esposa, muito embora a primeira reação de dona Laura não fosse das melhores. Não, dessa vez não cairia na tentação de julgar seu Alberto apressadamente e se achar a dona exclusiva da verdade e do bom senso. No entanto, foi muito difícil para ela não intervir quando viu dona Laura começar a fazer um gesto muito característico, levando uma mecha de cabelo à boca e chupando-o como se fosse possível extrair suco dele.

Seu Alberto não olhava para a esposa, olhava para o filhote e falava, falava, e para Rosa era impossível saber se falava com ela, com dona Laura ou com o cachorrinho, pois sua cabeça fora tomada pelo excesso de ruído dos seus próprios pensamentos, sobretudo do impulso de estourar a rolha do champanhe de uma vez e propor um brinde, desviando a atenção do animal e tentando atrair por um instante a atenção da senhora, que parecia estar começando a perder o controle e se encolhera para ficar em posição fetal, abraçando as próprias pernas. Agora sim, precisaria intervir, pensou Rosa, e quando seu Alberto fez menção de pôr a mão na caixa para tirar o filhote, ela sugeriu que o deixasse ali, com certeza o pobre cachorrinho estaria esgotado da viagem e era um milagre que não estivesse acordado e chorando. Melhor eu levá-lo à cozinha e preparar uma caminha, disse, e já sirvo o jantar para vocês, para comemorarem. Seu Alberto aceitou as sugestões com doçura, talvez porque enfim tivesse notado que dona Laura, reduzida a um nó no sofá, falava com ele, embora fosse impossível entender o que dizia.

Enquanto levava a caixa para a cozinha, Rosa escutou seu Alberto dizer à esposa que o cachorrinho não daria trabalho nenhum e lhe faria bem, seria uma distração, uma companhia. Também escutou dona Laura pigarrear, para deixar a voz mais clara, e por fim responder:

— A Rosa serve pra isso.

Seu Alberto levou alguns segundos para explicar que não era a mesma coisa, e dona Laura disse:

— É exatamente a mesma coisa.

Rosa baixou os olhos para olhar o filhotinho dormindo e sentiu um frio percorrer suas costas. Tirou o filhote da caixa, enrolou-o no xale que comprara de presente para dona Laura e pretendia entregar depois do jantar, e atravessou a cozinha a passos rápidos. Recolheu a bolsa e o agasalho pendurados no cabide ao lado da porta de serviço que dava para o pátio de trás, onde começava o caminho de pedras que levava ao portão que ela precisaria abrir para chegar à rua onde pegava um ônibus que, em conjunto com uma viagem de trem e quinze quadras de caminhada, a deixaria em casa. Era lá onde queria estar, na sua casa, a mesma onde ainda morava seu filho mais novo, a casa que aos finais de semana se enchia de crianças, porque seus três filhos mais velhos já lhe haviam dado sete netos, e onde estaria à sua espera o marido, que talvez a fitasse com surpresa, talvez com desaprovação, talvez apenas com curiosidade ao vê-la chegar com aquele filhotinho tão caro. Porque era impossível prever as reações do seu marido, era impossível saber o que pensaria a respeito do que dona Laura havia dito. Mas dessa vez Rosa não estava preocupada com isso. Sabia exatamente o que havia sentido ao escutá-la, não tinha dúvida e tampouco se sentia confusa, e não estava disposta a ouvir explicações de ninguém, muito menos a aceitar outras interpretações. E se o marido não estivesse de acordo, que pena, pensou Rosa, enquanto avançava um passo após o outro dentro da noite com o cachorrinho nos braços.

CARNE

Jorge está de pé em frente à geladeira aberta e pensa que deveriam comer mais carne. Há uma travessa com salada de cenoura e outra com um pastelão de moranga pela metade. Não sabe exatamente por que pararam de comer carne naquela casa, quando foi que os almoços e jantares se tornaram variações de saladas, tortas frias, empanados e tortilhas. Jorge, agora, está sempre com fome.

Escuta a porta da rua se abrir e fechar de supetão. Em seguida, Natalia entra na cozinha e larga sua grande mochila vermelha na bancada central de madeira que a mãe dela acrescentara na última reforma. Também havia encomendado umas banquetas altas da mesma madeira, que jamais foram entregues porque Jorge não pagou a última parcela.

— Segunda-feira você precisa ir ao colégio — grunhe Natalia sem olhar para ele enquanto abre caminho ao seu lado para pegar na geladeira uma caixa de suco de maçã. — Oito e meia no gabinete da psicopedagoga.

Jorge também detesta aquela mulher e entende o mau humor da sua filha. Desde que ele perdeu a esposa, ela dá um jeito de se reunir com ele todos os meses para conversas que nunca vão muito além de comentários gerais sobre a atitude apática de Natalia em certas disciplinas e a questão do peso. Parece obcecada com o fato de Natalia ter perdido quase oito quilos em seis meses.

"Em casa ela come bem" é uma das três frases que Jorge usa para surfar essas entrevistas. A segunda é "Faço tudo o que posso". E a terceira, "Tem quinze anos".

Mas a mulher não se rende. Naquele cubículo que cheira a café com leite e odorizador de ambiente, sempre com a roupa suja de migalhas de bolacha e os dentes manchados de batom, rodeada pelas fotos dos seus três filhos obesos, parece se achar melhor que ele e sua filha e acreditar que sua missão é resgatá-los de alguma coisa.

Jorge não sabe se a esposa chegou a conhecer a psicopedagoga, mas tem certeza de que a teria achado patética. Era o que pensava de qualquer pessoa que se julgasse capaz de ajudá-la. E isso incluía suas amigas mais persistentes, todos os psicólogos e psiquiatras com quem havia se consultado na vida e inclusive ele mesmo, quando tentava lhe dar conselhos ou consolá-la nos momentos em que ela descia pela escada misteriosa que havia dentro da sua cabeça e passava dias inteiros oscilando entre crises de choro e o mais profundo silêncio. Sua mulher também lhe dizia, em segredo, que achava Natalia patética quando organizava para ela sessões de filmes, apresentava coreografias que passara horas ensaiando ou comprava seus chocolates favoritos.

"Patética", dizia aos sussurros tão logo Natalia deixava o quarto, talvez crente de ter conseguido levantar um pouco o ânimo da mãe.

— Por que segunda? — pergunta Jorge. — Aconteceu alguma coisa?

Natalia olha fixo para ele, retorce a boca, espera.

— Algo de novo — esclarece Jorge.

Em vez de responder, Natalia pega um pacote de bolachas no armário da cozinha com a mesma mão que segura o suco de maçã e usa a outra para pendurar a mochila no ombro, dando as costas para o pai ao sair da cozinha.

— Não quer mesmo comer alguma coisa? — pergunta Jorge, embora saiba que não tem muito a oferecer. É uma tentativa de detê-la antes que suba as escadas, tranque-se no quarto e não volte a dar as caras até o dia seguinte. Há uma semana não a vê por mais do que uns minutos quando volta do colégio.

— Já comi — diz Natalia sem se virar.

Jorge a vê atravessar a sala rumo à escadaria. O saiote do uniforme está grande para ela, é visível, e o blazer pende dos seus ombros, fazendo-a parecer uma garotinha fantasiada com o terno do pai. Mas é como se a garotinha não fosse Natalia e, portanto, ele não fosse seu pai nem o dono da roupa que ela usou para se fantasiar.

— Venha comer algo, vamos — insiste Jorge.

— Já comi! — repete Natalia na escada. É rápida para fugir, como uma lebre sob ameaça.

— Comeu o quê?

— Comida! — Natalia já está lá em cima, a poucos passos, fora do seu alcance.

Jorge respira fundo e pega as travessas com o pastelão e a salada. Deixa-as sobre a mesada e fica olhando para as gotas de água rodando pelo plástico que cobre a comida. Precisa falar com Raquel sobre a questão da carne. E também pedir para ela voltar a comprar a marca de café de sempre. E não passar mais suas meias nem a roupa íntima. E discutir essa sua nova mania de deixar o xampu e o sabonete no armário dos remédios quando termina de limpar o banheiro. Ele reparou que ela não faz o mesmo no banheiro de Natalia. Precisa dizer para voltar a deixá-los no boxe, como fazia antes.

Também precisaria falar com ela sobre a filha. Natalia conversa muito com Raquel e ele gostaria de saber o que ela compartilha com essa mulher que nem sequer terminou o ensino fundamental e não conhece a diferença entre tristeza e depressão. Não pode perguntar à filha, mas quem sabe encontre alguma forma de amaciar Raquel e arrancar alguma informação. Poderia perguntar se a viu chorando alguma vez, por exemplo. Ou se sabe quem é essa Romina que sua filha menciona o tempo todo e aparentemente substituiu todas as suas amigas anteriores.

Não vai ser fácil, Jorge sabe, porque é óbvio que Raquel, sempre tão leal à sua esposa, transferiu essa lealdade incólume para Natalia, sem nenhum remorso, sem ter questionado nenhuma vez até que ponto há coisas que não devem permanecer em segredo porque não são reações ou confidências, mas pedidos de ajuda.

Sua irmã já disse que ele deveria demiti-la. Silvia sempre foi decidida, pragmática e muito frontal. No próprio dia do enterro, quando Raquel chegou à capela fúnebre acompanhada das seis filhas e do marido e se instalou no grande sofá de couro preto sempre à beira de um desmaio, sua irmã lhe disse: "Dê um pé na bunda dela, fique livre de uma vez". Jorge entendeu que era exatamente isso o que devia fazer, mas só conseguiu se perguntar o que comeriam no café da manhã seguinte, como voltaria a trabalhar sem uma camisa limpa, onde será que sua esposa guardava as contas de luz, de gás, de telefone.

Uns dias depois, Silvia se ofereceu para demiti-la e se encarregar de arrumar alguém novo. Então Jorge pensou que aquele não era um bom momento para Natalia perder mais alguém. Não disse isso à irmã porque já imaginava sua resposta e a discussão que viria depois. Disse a ela que estavam bem assim, que estava se entendendo bem com Raquel, que não se preocupasse tanto. No entanto, a ideia de contratar alguém novo volta de vez em quando. E o reconforta. É um alívio imaginar a vida com alguém que não saiba nada sobre ele nem Natalia e possa vê-los como um viúvo e sua filha adolescente fazendo as coisas o melhor que podem, dadas as circunstâncias.

Não pode demitir Raquel, como também não poderia despedir a psicopedagoga. De alguma forma, para Jorge as duas estão além da sua jurisdição. Sente até que Raquel tem mais direito a estar naquela casa do que ele, e que se Natalia consegue ficar tão cômoda ali, movimentar-se com tamanha decisão, é porque conta com a aprovação daquela mulher.

"Deveriam se mudar", Miguel lhe disse algumas noites atrás, quando Jorge enfim aceitou seu convite para beber algo depois do trabalho. "Aquela casa está muito carregada." Jorge respondeu que não queria afastar Natalia das suas coisas, do seu colégio, da sua rotina no bairro, que tudo isso dava a ela segurança para se recompor. Não gosta de usar Natalia como escudo, mas gosta ainda menos de ter que escutar conselhos de um pai de dois filhos de sete e dez anos, com um casamento feliz, que gosta de velejar e da vida ao ar livre. Como poderia explicar a alguém que vive numa espécie de universo paralelo, com o sol sempre iluminando tudo e com dias feitos para curtir, que ele nunca pensou em se mudar, que isso não resolveria nada, mas que tem sim vontade de pegar a maior marreta que puder encontrar e destruir a golpes a porta do quarto da filha que agora fica sempre fechada. Arrebentaria a porta e depois continuaria desferindo golpes até reduzir a lasquinhas aquele quarto cheio de caixas que está proibido de abrir, de livros e cadernos que está proibido de ler, de pôsteres que não entende e de fotos de gente que ele não conhece.

Jorge volta a olhar para as travessas de comida que deixou na bancada e sente o estômago revirando. Quer comer um hambúrguer, um bife na chapa, uma carne assada no forno. Carne. Repassa com os olhos os ímãs presos na porta da geladeira: Táxis Belgrano, Farmácia Azul, Cinema 0-800, Very-clean Lavagem de tapetes e tapeçarias, Enfermagem profissional a domicílio, Associação de Defesa do Consumidor, Cartuchos para impressoras.

Não se lembra da última vez que comeram uma pizza, ou comida chinesa, ou empanadas. Na verdade, não se lembra de ter comido nada nos últimos dois anos que não fosse preparado por Raquel.

Tira o celular do bolso da calça e telefona para a irmã. O telefone toca quatro vezes e cai na caixa de mensagens. Jorge desliga sem deixar recado. Não faz sentido pedir ao nada uma informação de que precisa naquele exato momento, e não dali a uma ou duas horas, ou seja lá quando sua irmã ligar de volta, porque então será tarde demais para pedir o telefone de alguma tele-entrega de um bairro que nem sequer é o seu e encomendar um bife de vazio com batatas ao forno, ou umas costelas *a la riojana*, ou matambre amaciado. É nessas coisas que Jorge pensa para acalmar o estômago que se revira como se estivesse vivo, ou agonizando.

Jorge joga a salada e o pastelão no lixo e larga as travessas sujas na cuba da pia. Caminha até o centro da sala, põe as mãos na cintura, apoiando-se em si mesmo para não perder o equilíbrio, toma fôlego e chama a filha.

— Natalia! — grita.

Não há resposta.

— Nati!

Agora costuma ser assim. Falar com sua filha é como falar com o vazio. Mesmo quando está ao seu lado. Nas poucas ocasiões recentes em que ela aceitou carona de carro até o colégio, ele sentiu que não era Natalia no banco ao seu lado, mas sim um grande buraco negro.

— Vou comer fora! — grita então. — Tá escutando? Vou sair!

Escuta um leve rangido. Tem quase certeza de que Natalia abriu a porta do quarto, ou ao menos entreabriu.

— Quer vir junto?

Jorge fecha os olhos e começa a contar em silêncio. Vai lhe dar exatamente dez segundos para responder e aí pronto, vai para a rua.

A voz de Natalia desce a escada flutuando como uma bola de feno.

— Aonde? — pergunta.

Não sabe. Jorge não pensou nisso. Tem mil respostas preparadas para o dia em que Natalia enfim decidir fazer as perguntas que ele julga importantes. Ensaiou também as formas de responder. Às vezes, essas respostas ficam presas na sua garganta quando está perto dela e roubam sua voz. Mas não está pronto para essa pergunta em particular, tão simples, tão redondinha como qualquer pergunta que pudesse fazer parte de uma conversa relaxada e informal entre um pai e uma filha. O bairro inteiro se desvai e ele não consegue resgatar um único bar, nem um restaurante ou lanchonete. Sente um frio percorrer seu pescoço e descer pelas costas. Quantos segundos ela lhe dará para responder antes de voltar a se trancar no quarto?

Então lembra-se do dia em que sua filha fez doze anos, o último aniversário que teve comemoração. Sua esposa havia deixado Natalia escolher aonde ir e ela não pensou duas vezes: "No McDonald's", disse.

Com a resposta em mãos, Jorge sorri. Depois haveria tempo para todo o resto.

REENCONTRO

Não os vira nos últimos quinze meses e nesse tempo minha vida não tinha mudado nada. Eu continuava no mesmo apartamento, solteira, trabalhava como redatora e revisora *freelance* para as mesmas editoras, não mudara o corte de cabelo e tinha quase certeza de que estava calçando o mesmo par de sandálias da última vez que jantáramos juntos. Havia passado por dois relacionamentos mais ou menos estáveis que começaram e terminaram sem nenhum entusiasmo. E vivera uma noite inconfessável com um sujeito de lábio leporino.

Eles, por outro lado, acabavam de voltar de sua estadia de mais de um ano em Bangkok. Nesse meio-tempo, embora quase não tivessem se comunicado nem comigo nem com ninguém, contaram-me que tinham perdido boa parte da sua fortuna (que era imensa) e se tornado pais de uma menina, Mali.

— Funcionou — Clara me disse no telefone quando finalmente telefonaram para me avisar que estavam de volta.

O que exatamente significava "funcionou"? O que havia funcionado? Enquanto dirigia até a casa que Clara e Javier tinham em pleno Belgrano, seguia pensando no que Clara havia me dito, arrependida de ter feito mais uma vez o que costumava fazer com ela: agir como se o que ela dissesse fosse perfeitamente lógico e compreensível. Mas eu não tinha entendido. Em geral entendia pouco do que Clara me dizia em tom de confidência. Clara havia sofrido vários abortos e o lógico era supor que estava se referindo a finalmente ter conseguido ter um filho, mas ninguém usa uma palavra como "funcionou" para contar uma notícia dessas, e além do mais eu não acreditava que tinham esperado tanto para me contar. Também não entendia por que eu devia seguir todas as instruções que me deram para poder visitá-los. Eu não havia feito perguntas. Jamais perguntava nada quando Clara agia como se eu estivesse à altura de todos os seus subentendidos. É que eu queria estar à altura.

***

Clara e eu havíamos sido colegas de ensino médio, mas só nos tornamos amigas quando nos mudamos para estudar na capital e nossos pais, eles sim amigos, decidiram rachar o aluguel do apartamento em que nos instalamos na rua Agrelo. Em Necochea, éramos de grupos diferentes. Eu tinha o cabelo muito comprido, usava delineador preto e sandálias de lona e escutava *rock* nacional. Meus amigos e eu fumávamos, respondíamos mal os professores e discutíamos o ano inteiro sobre o que tínhamos conversado com os jovens da capital que havíamos conhecido no último verão. Clara usava o cabelo loiro bem curtinho, tentando chamar a menor atenção possível para sua beleza, e passava quase o tempo todo sozinha; nunca ia às festas da nossa turma e por alguma autorização médica se mantinha à margem de todas as atividades desportivas do colégio. Sua única amiga havia se suicidado no último ano do ensino médio. Enforcou-se numa das árvores dos fundos da própria casa. Durante um tempo, todos olhamos para Clara como se esperássemos que fizesse o mesmo. Mas Clara não se matou. Nunca falei com ela sobre isso, nem sequer anos depois.

Estudei Comunicação, depois Letras e depois Edição. Não me formei em nada. Clara se matriculou em Economia e lá conheceu Javier. A distância que me separava de Clara e que nem a convivência havia conseguido afrouxar de todo desapareceu assim que Javier pisou pela primeira vez no nosso apartamento. Naquela noite, ficamos tomando Baileys, fumando e conversando até de madrugada. Fomos inseparáveis por quatro anos.

Eu os submetia a longas sessões de cine-debate, à análise de tudo o que estava lendo na faculdade; arrastei-os para excursões de bicicleta ao Tigre, à Reserva Ecológica, à Costanera, e consegui convencê-los a passar nossas férias daqueles anos acampando em lugares inóspitos fora de temporada. Clara se encarregou de nos levar a sessões mediúnicas e empreender algumas tentativas levianas de praticar ioga e meditação, além de ter nos sujeitado a seus experimentos com a comida vegetariana. Javier se ocupou de nos apresentar o ácido e a música eletrônica. O apartamento foi se convertendo num mostruário de todas as nossas fases e caprichos, e os computadores cada vez mais sofisticados de Javier conviveram alegremente com as velas aromáticas e cartas de tarô de Clara e com os livros que em algum momento comecei a empilhar direto no chão.

Às vezes, penso que desperdicei com eles minha oportunidade de constituir um casal de verdade. Nenhuma relação me parecia tão divertida ou desafiadora como o tempo que passávamos juntos.

Claro que em algum momento me apaixonei por Javier. Ou fiz um grande esforço para não me apaixonar. Ou me apaixonei pela ideia de ser parte do casal que integrava nosso trio, e não a peça avulsa. Nunca falei sobre isso com nenhum dos dois; sabia que podia estragar tudo. E eles de alguma forma fizeram sua parte e facilitaram as coisas para mim. O quarto de Clara e o meu eram separados apenas por uma parede que parecia de gesso de tão fina, e nas noites em que Javier ficava para dormir, que eram quase todas, nunca escutei nada do que acontecia quando eles ficavam sozinhos. E não estou dizendo que não os escutava trepando, rindo ou conversando. Estou dizendo que não emitiam nenhum ruído. Como se, depois de cruzarem a porta do quarto de Clara, os dois se desvanecessem. Sequer se beijavam ou faziam piadas internas na minha presença.

Em alguns momentos gostava de pensar que eles, sem mim, também ficavam perdidos, como se eu fosse a maior razão para ficarem juntos. Mas então Javier se formou, conseguiu emprego numa multinacional brasileira e em menos de três meses se casaram e foram morar em São Paulo. Depois viriam outros destinos: Barcelona, Londres, Xangai e por fim Bangkok; mas naquele momento, quando veio a notícia de que iriam para São Paulo, eu me desarmei. Apontar dedos ou demonstrar minha desolação me deixaria numa posição que muito me desagradava, um lugar obscuro e cheio de rancor e inveja. O que fiz foi abraçá-los, propor um brinde pelas boas-novas e participar de todos os preparativos para o casamento e a viagem.

***

Por dois anos, fui a única pessoa com quem mantiveram contato. A mãe de Clara me telefonava para ter novidades da sua filha. Agora, a distância, sinto que o que eu dizia naquelas conversas (que eles estavam bem, saudáveis e progredindo) eram mentiras. Mas não, era verdade, só que essas verdades nem sequer tocavam os aspectos mais importantes da vida de Clara e Javier em São Paulo, em especial os dois fatos que marcariam o princípio de tudo que lhes aconteceria depois: mataram um sujeito num acidente de carro e, pouco tempo depois, Clara perdeu um filho aos oito meses de gravidez.

Segundo Clara, o acidente e o aborto estavam totalmente ligados. Haviam ido a uma festa na embaixada. Javier tinha bebido muito e Clara estava pior, por isso não insistiu para voltarem para casa de táxi. Era uma noite iluminada e a avenida estava deserta. Os dois juram que o sujeito saiu do nada, como se houvesse se atirado de propósito sobre o carro. Depois de acertá-lo em cheio e ver o corpo voar por cima do para-brisas, Javier perdeu o controle do carro e capotaram. Quando a ambulância chegou, o sujeito já estava morto. Clara e Javier estavam ilesos, mas passaram uma noite no hospital em observação. Clara não conseguia dormir e de madrugada se levantou da cama e perambulou pelos corredores. Não haviam sido levados à clínica do seu plano privado, mas a um hospital público. Ali cruzou com a viúva. Viu-a na entrada da UTI. De alguma forma, reconheceram-se. A mulher, baixinha e negra, estava rodeada de seis crianças. A mais nova tinha uns três anos e a mais velha não passava dos quinze. Clara pensou em se aproximar para dizer alguma coisa, queria chorar, desculpar-se, explicar como havia sido, mas o olhar da mulher a dissuadiu. Viu que perguntava alguma coisa à enfermeira. A enfermeira olhou para Clara, depois para a recente viúva e murmurou uma resposta. A viúva deu dois passos até onde Clara estava, olhando-a diretamente nos olhos, cuspiu na palma da mão esquerda, esfregou o ventre com aquela mão e gritou alguma coisa que Clara não entendeu. Ela voltou depressa para o quarto e não dormiu pelo resto da noite.

Às oito da manhã, o médico deu alta e ela se vestiu para encontrar Javier na recepção. Ao sair do quarto, descobriu ao lado da porta um prato de barro com sete cabeças de peixe. O advogado que a empresa lhes fornecera chegou justo nesse momento. Era um homem de uns cinquenta anos, estava suando, e com a mão úmida de suor apertou a de Clara enquanto dizia para ela não se preocupar, ele se encarregaria de tudo, e quando disse "tudo" Clara olhou para o prato com as cabeças de peixe e ele piscou um olho para ela.

Clara ficou grávida poucos meses depois do acidente, e não contaram para ninguém além de mim. Segundo Javier, Clara não saía do apartamento nem recebia visitas. Estava convencida de que, se a notícia da gravidez chegasse aos ouvidos de qualquer pessoa ligada ao sujeito que haviam matado, cobrariam seu bebê, ceifariam seu bebê não como vingança, mas como retribuição. Clara lembrava o tempo todo da viúva esfregando o próprio ventre e sabia que aquilo havia sido uma maldição. Javier lhe dizia que o gesto podia significar qualquer outra coisa.

Cada um lidou com a situação à sua maneira. Clara, nessa época, começou a praticar certos rituais de magia. Fazia-o por conta própria, lendo muito e improvisando outro tanto. Às vezes seu intuito era se proteger, outras, fazer oferendas, mas a maior parte das suas cerimônias eram variações da mesma coisa: pedir perdão. E Javier, mesmo com a justiça os tendo livrado de qualquer culpa ou incumbência, havia se ocupado, com a ajuda do advogado e anonimamente, de falsificar uns quantos papéis do defunto. Inventaram para ele um seguro de vida e não sei que pensão especial, e assim garantiram que a viúva e os filhos recebessem uma quantidade de dinheiro com a qual jamais haviam sequer sonhado. "Estamos pagando bem", Javier lhe dizia.

Uma tarde, Clara passou horas sentadas na cama, em silêncio, com as duas mãos sobre o ventre: não conseguia sentir o bebê, nenhum movimento, nada. Quando Javier voltou do trabalho, tarde naquela noite, Clara disse a ele que o bebê estava morto. A viagem até a clínica foi eterna e silenciosa até que Clara saiu do seu torpor, acariciou a nuca de Javier e disse: "Agora sim começamos a pagar". Umas horas depois, Javier aproveitou que Clara havia pegado no sono para sair da clínica e me ligar. Logo notei que não estava triste, mas preocupado ou inquieto.

— Ela está bem? — perguntei.

— Dizem que vai ficar bem, que essas coisas são mais normais do que se pensa.

— E você? Como está?

— Me preocupa que tenha dito "começamos" — disse —, que agora "começamos" a pagar.

***

Pouco tempo depois, Javier foi promovido de novo e eles foram para Barcelona. Mais uma vez, foi Javier quem me telefonou para dar a notícia e eu disse que recomeçar em outro lugar era o melhor que poderia acontecer a eles. Javier implorou para eu visitá-los.

Aceitei que pagasse a passagem e a estadia (com o que eu ganhava não poderia ter encarado nem a metade dos custos), mas ao chegar a Barcelona me instalei num hostel barato que eu mesma havia escolhido. Falava com Clara por telefone todos os dias, mas ela só me deixou visitá-la mais tarde. Disse que ainda não estava pronta para ver ninguém. Eu a conhecia e sabia que insistir era pior. Minha estratégia foi conversar com ela todos os dias, sobre qualquer coisa. Instalava-me numa cabine do locutório ao lado do hostel e conversávamos demoradamente enquanto eu via as moças e os rapazes que se hospedavam comigo passando. Todos me pareciam muito jovens. Eram um pouco bobos e desinibidos. Vê-los se esparramando pela rua com tanta energia fazia que eu me sentisse velha, ou gasta, melhor dizendo, embora nossa diferença de idade não pudesse ser de mais do que seis ou sete anos. Talvez fosse a influência de Clara, que naquela época tinha a voz de uma idosa. E falava como se tivesse cem anos. Começava as frases pigarreando e terminava num sussurro, como se falar a deixasse exausta. Numa dessas conversas, Clara me disse: "Foi um grande alívio". Uns segundos antes havíamos falado na cerimônia que ela e Javier organizaram para se despedirem da filha natimorta num belo cemitério privado nos arredores de São Paulo.

Javier estava agradecido pela minha paciência; continuava acreditando que em algum momento Clara aceitaria me ver e eu iria ajudá-la, que era a única capaz de ajudá-la. Quanto a mim, tantos dias de espera começavam a me parecer ridículos, mas não falei nada. Javier não precisava de mais pressão. Ele e eu nos vimos quase todas as noites, levava-me para jantar nos seus lugares preferidos e tentava agir com naturalidade. Mas, sem Clara, nossos encontros eram ligeiramente incômodos.

Uma semana depois da minha chegada, Clara enfim aceitou que eu fosse vê-la. Foi ela quem abriu a porta do imponente apartamento que a empresa alugara para eles, e me deu um abraço demorado. Havia emagrecido muito e estava demasiado pálida.

— Já estava achando que você só existia na minha imaginação — disse-me.

As roupas de Clara, as de Javier, as paredes do apartamento, os tapetes, os móveis, tudo parecia um gigantesco mostruário de tons de branco e bege. De sandálias vermelhas, saia jeans e camiseta de listras verdes, eu me sentia fosforescente, e de um jeito ruim. No entanto, nenhum dos dois parecia reparar nisso.

Daquela vez, minha presença teve o mesmo efeito que a primeira visita de Javier ao nosso apartamento da rua Agrelo. Desapareceram todas as distâncias e em pouco tempo nos sentíamos de novo como nos velhos tempos, quando tudo era fácil, seguro e estimulante. Não falamos de nada importante, nem mencionamos o acidente ou a gravidez, simplesmente deixamos o tempo passar recordando histórias e antigas discussões. Acabamos os três descalços, sentados no chão ao redor da mesa de centro, comendo com as mãos e direto da caixa uma pizza que pedíramos de última hora e bebendo sem nenhuma moderação uma, e depois outra e mais outra garrafa de vinhos caríssimos da adega que Javier havia começado a montar.

— Vocês parecem uns figurões iminentes — eu disse, e senti que o ar ao meu redor se movia rápido demais.

— Figurões iminentes! — repetiu Javier com um gesto brusco, rindo e apontando o ar com o dedo indicador estendido; a brasa do baseado que acabara de enrolar caiu no tapete e abriu um buraco.

Tentei apagar, mas foi pior, e o buraco se transformou numa espessa mancha escura. Por algum motivo, Clara achou isso muito interessante e engatinhou até onde Javier estava. Precisei subir no sofá para deixá-la passar e, dali, vi que ela tirava o baseado da mão de Javier, acendendo-o outra vez, dando uma tragada e, com a brasa acesa, fazendo outro buraco no tapete. Javier a imitou. Fizeram pelo menos mais cinco buracos, até que já não restasse mais nada para acender. Em seguida, Clara pegou os cigarros da minha mochila. Embora eu deteste o branco, e especialmente o bege, não conseguia achar boa ideia queimar aquele tapete tão bom e muito menos correr o risco de atear fogo no apartamento inteiro. Mas deixei que fizessem isso porque havia algo de fascinante em vê-los de quatro, engatinhando concentrados em encher o tapete, que recobria boa parte da sala, de buracos negros. Era algo fascinante e perturbador, porque era o primeiro acordo privado entre e Clara e Javier que eu presenciava, a primeira vez que me deixavam completamente de fora, e por isso era a primeira vez que conseguia vê-los com certo distanciamento. Pareceram-me poderosos. Fiquei numa das poltronas, de pernas cruzadas e sem tocar o piso para deixar-lhes espaço. Quando terminaram o último cigarro, olharam-se nos olhos e depois se fixaram em mim como se eu tivesse ficado escondida e acabasse de surpreendê-los.

— Olá, realidade — me disse, então, Clara, e os dois começaram a rir.

Daquela vez, fiquei mais de quinze dias e nesse tempo Clara voltou completamente ao mundo, o que me levou a conhecer boa parte das novas pessoas que rapidamente começaram a fazer parte da vida social de Clara e Javier (e que eu tentava evitar): os colegas de trabalho dele, as esposas dos colegas de trabalho dele e uma professora de alemão e seu esposo juiz, que eram vizinhos de Clara e Javier e por algum motivo se encaixavam perfeitamente no resto do grupo. Todos se encaixavam, menos eu. Voltei a Barcelona mais algumas vezes, sempre convidada e a pedido de algum dos dois, até que Javier foi promovido e lhe deram um novo destino. Em todos os meses que ocuparam aquele apartamento, jamais substituíram o tapete.

Na minha última visita, eles me contaram que precisariam ir para Londres, pareciam devastados.

— Sinto que cada vez partimos mais — disse Clara.

Precisei me manter firme durante a tormenta de propostas com que tentaram encurtar uma distância que começavam a sentir quase definitiva. A primeira coisa foi convencê-los de que não era uma boa ideia me instalar com eles em Londres. Disse algumas mentiras, que o trabalho começava a ir bem, por exemplo, quando na verdade só pensava que a última coisa que precisava àquela altura era permitir que me transportassem de destino em destino como se eu fosse o *poodle* da família. A segunda foi recusar com muito cuidado a oferta de trabalhar como sua representante e me ocupar de todos os interesses e investimentos de Clara e Javier em Buenos Aires. Muito menos queria ser empregada dos dois. A única oferta que aceitei foi a de Javier comprar o apartamento de Agrelo e colocá-lo também no meu nome. Era um verdadeiro alívio me livrar do aluguel. Já estava fazendo trabalhos de revisão para diversas editoras e meus pais ainda me mandavam um pouco de dinheiro todos os meses, mas nunca bastava para ficar tranquila. Clara estava de acordo com o arranjo. Acho que, no fundo, pensou que o apartamento continuaria sendo um pouco deles, e dessa forma eu seria uma cruzinha no mapa marcando o local para onde um dia precisariam voltar.

***

Javier continuou galgando postos na empresa e, de Londres, foram transferidos para Xangai. Poucos anos depois, ele se deixou seduzir por outra companhia e um cargo ainda melhor, e de Xangai foram para Bangkok. Nunca entendi qual exatamente era o trabalho de Javier (sabia que tinha algo a ver com mercado de ações, finanças e coisas assim) e ele tampouco jamais se esforçou muito para me explicar. Até evitava o assunto. Não como se tivesse vergonha ou pudor, mas como se achasse aquilo terrivelmente entediante. "É só um jeito de ganhar dinheiro", costumava dizer. "Muitíssimo dinheiro", eu pensava.

Se a estadia de Clara e Javier em São Paulo havia sido agitada, os anos em Londres, e, especialmente, em Xangai, haviam sido frenéticos. Era como se todas as atividades, as coisas que experimentavam, as pessoas que incorporavam por breves e eufóricas temporadas à sua vida, fossem uma forma de exorcizar todo o restante. Porque em Londres Clara engravidou outra vez e perdeu o filho outra vez pouco antes de parir. Depois do terceiro aborto espontâneo, muito embora eles me anunciassem cada nova gestação com a esperança intacta, eu só conseguia pensar quanto tempo duraria daquela vez, e a espera se tornava angustiante. Mantinha-me atenta a cada novidade, e eles se ocupavam de me deixar a par de tudo o que andavam fazendo sempre que eu me instalava por algumas semanas num dos seus novos destinos. Por azar, ou porque planejavam que fosse assim (nunca perguntei), minhas visitas nunca coincidiram com uma dessas gestações, e por isso eu sempre me encontrava com eles para o que vinha depois, a busca intensa por emoções que lhes propiciaria um descanso para recobrarem as forças e começarem de novo. Também havia a magia. Clara estava cada vez mais envolvida com uma série de ritos e esquemas mágicos com os quais explicava cada coisa que lhes acontecia e que usava para justificar todas as decisões importantes da vida deles. Dizia ter contado com vários professores (não conheci nenhum), mas que estava aprendendo sozinha a parte mais importante. Não falávamos muito nesse assunto porque Clara se deu conta muito cedo de que eu não acreditava e, segundo ela, minha falta de confiança podia prejudicar seja lá o que estivesse fazendo num dado momento. Para além do ceticismo, a verdade é que aquilo me dava certo medo, uma sensação de que as duas, Clara e a magia, eram forças que não convinha cruzar, ao menos não sem um mediador que soubesse dirigi-las, ou controlá-las.

Em todos aqueles anos, a única cidade que não conheci foi Bangkok. Durante os quinze meses que passaram lá, nunca me convidaram para visitá-los. Quase desde o início havia sido impossível encontrá-los por telefone, e levavam semanas para responder a um *e-mail*. A última coisa que eu soube antes do grande silêncio foi que Clara estava grávida outra vez. Sua oitava gravidez. Nada mais. A cada tanto recebia alguma mensagem bastante impessoal, o imprescindível para não perdermos contato, e ganhei deles um presente no meu último aniversário, um perfume. A caixa e o frasco (uma gota de cristal recoberta por finíssimas nervuras de ouro puro) bastavam para informar que se tratava de algo muito, muito caro. No entanto, achei-o insuportável. No princípio era um aroma cítrico, intenso e agradável, mas não saía nem com água nem com álcool, e conforme as horas passavam, ia se transformando até lembrar cheiro de cachorro molhado. Em outros tempos, teria feito com eles uma piada pela sua péssima escolha, mas naquele momento sentia que a situação não era propícia a um comentário desses, que bem poderia beirar a ofensa. E isso me levou a perceber que durante todo aquele tempo não apenas eles souberam administrar os silêncios para não me machucar nem dar brecha para cobranças, mas também deixara de existir algo essencial entre nós, como se eles finalmente tivessem encontrado uma forma de ficarem sozinhos, os dois, na alegria e na tristeza, como outrora Clara gostava de dizer a respeito de nós três.

Quando pensava quanto tempo fazia que eu não tinha notícias deles, pensava também que ainda não havia recebido a ligação de Javier (era sempre ele quem me telefonava para isso) avisando que Clara tinha perdido a gravidez. Eu me agarrava a essa ideia para reforçar minha hipótese de que finalmente haviam conseguido, de que já eram pais e por isso não tinham tempo nem espaço na vida deles para mais ninguém, nem sequer para mim. Essa era, definitivamente, a única explicação para o nosso distanciamento que não me parecia tão dolorosa, mesmo se por algum motivo houvessem decidido não compartilhar a grande notícia comigo.

Só fiquei sabendo de Mali quando voltaram a Buenos Aires, na tarde em que Clara me telefonou para dizer que haviam chegado, que estavam com vontade de me ver, que Javier tinha se demitido da empresa para se instalar por aqui em definitivo e que me esperavam para jantar no próximo sábado. Também me disse para usar o perfume que haviam mandado de presente e para levar algo para Mali. A questão do perfume e do presente não foram mencionadas de passagem. Clara se esforçou para moderar o tom de voz e fazer uma pausa antes e depois de dizer isso, dando a entender que eram especificações muito claras, quase condições, como se vê-los dependesse do aceite dessas solicitações. Ainda me fez jurar que não contaria para ninguém, absolutamente ninguém, que haviam voltado.

***

Estacionei o carro na porta da casa de Clara e Javier. Levava debaixo do braço o grande pacote com o presente de Mali (uma vaca de pelúcia que fazia "muuu" quando apertavam o focinho e, naquele momento, pareceu-me uma escolha estúpida); também havia passado o perfume, e embora ainda cheirasse a laranja e ameixa, eu sabia que logo federia a cachorro molhado.

O portão estava aberto, e andei pelo caminho até a porta de entrada tentando divisar as silhuetas de Clara e Javier nas janelas da frente. Toda a casa estava iluminada. Toquei a campainha e senti um vazio na boca do estômago, como uma ligeira náusea.

— Trouxe o presente? — era a voz de Clara. Falava comigo através da porta fechada.

Disse que sim, dirigindo-me à escuridão do olho mágico.

— O que é?

— Um bichinho de pelúcia. Uma vaca. — Estive a ponto de rir. Queria acreditar que Clara estava no meio de uma das suas brincadeiras.

— E o perfume?

— Limpa e perfumada — respondi.

Clara entreabriu a porta e tive a impressão de que estava farejando o ar, ou a mim, na realidade, como se fosse seu próprio cão de guarda.

— Você está bem? — perguntei, então, enquanto Clara abria a porta somente o necessário para me deixar entrar.

— Sim — me respondeu, e era verdade.

Clara estava incrivelmente bonita, mas de uma forma inquietante, porque me lembrou a adolescente que eu havia conhecido antes das viagens, antes do acidente, antes dos filhos mortos, antes até de Javier. Estava com o cabelo loiro muito curto outra vez e trajava um grande vestido branco que cobria seus braços e a base do pescoço, embora na rua, e dentro da casa, fizesse calor. Estava tão bonita que era incômodo olhar para ela, porque era como estar diante de algo fabricado e corrigido até a perfeição, como uma animação ou um holograma. Por um momento pensei que definitivamente os tratamentos de beleza, quando se tem tempo e dinheiro, podem fazer milagres.

Dei um passo adiante no intuito de lhe dar um beijo ou abraço, mas Clara se moveu depressa: tirou o presente das minhas mãos e recuou, em seguida deu a volta ao meu redor e fechou a porta atrás de mim. E então consegui ver Mali. Estivera escondida atrás de Clara.

Era uma garotinha, não um bebê, uma garotinha que parecia ter uns seis anos. Como era possível que aquela fosse a filha de Clara e Javier? Então me contou que a haviam adotado, que Clara por fim tinha decidido contemplar outras alternativas. Busquei Clara com o olhar à espera de que me dissesse algo, mas Clara não estava olhando para mim e sim para a garotinha, sorrindo com uma expressão onde se mesclavam alívio e ternura. Mali tinha o cabelo comprido e liso, quase azul de tão escuro; a pele era marrom, como se a tivessem untado com cera de sapato. Seus olhos eram negros e brilhantes. Estava de vestido de algodão rosa e calçava uns sapatinhos brancos impecáveis, mas por baixo estava suja: vi manchas de barro nos seus braços e no pescoço, e as unhas estavam compridas e encardidas.

Clara disse meu nome e o de Mali para nos apresentar. E a garotinha sorriu. Foi tão arrepiante quanto ver um gato sorrir. Disse algo num idioma que não reconheci, um idioma hermético e gutural que me fez pensar que não estava falando, mas grunhindo. Tudo nela lembrava um animalzinho selvagem.

— Quer que você a abrace — traduziu Clara.

Mali havia estendido os braços para a frente e sustentava aquele sorriso no rosto. Agachei para ficar da sua altura e me deixei envolver pelos bracinhos da garota. Ela me agarrou com força enquanto enterrava o nariz no meu pescoço e entre meu cabelo. Estava me farejando, como Clara havia feito antes. Quando por fim me soltou, já não estava sorrindo, mas bufando pelo nariz, e olhou para Clara com um gesto que eu não soube se era de raiva ou decepção. Dei um passo atrás e Clara me segurou forte pelo braço.

— Vai ficar bem — me disse. Sua voz soava tão jovem quanto ela. Então me abraçou e me olhou nos olhos. — Sentimos tanto sua falta. — E por fim consegui ver algo de Clara em Clara.

Ela me levou até a cozinha americana. Eu jamais estivera naquela casa, mas reconheci o gosto de Clara nos sofás de couro e nas cortinas de tecidos finíssimos e sem estampa, nas aberturas e pisos de madeira sem verniz, nas lâmpadas de mesa acesas em pontos estratégicos para que tudo tivesse uma luz quente e acolhedora. Mas havia algo diferente. Lá fora o ar tinha cheiro de verão, ou de jasmins, umidade e fogo. Ali dentro cheirava a papel molhado, vapor, leite rançoso e ovos cozidos. Cobri o nariz disfarçadamente.

Quando chegamos à cozinha, Mali já estava lá, sentada de cócoras sobre a mesa. Javier estava de costas para nós para controlar várias panelas que ferviam ao mesmo tempo nas bocas do fogão.

— Javi — disse Clara para chamar sua atenção.

Javier se virou e olhou para mim com um sorriso imenso.

Também parecia mais jovem. Com dois passos ágeis já estava ao meu lado, abraçando-me com força e dizendo:

— Que alegria, que alegria... — sua voz soava tão sincera que não pude resistir e retribuí o abraço em silêncio.

Por cima do abraço de Javier, pude ver Clara entregando o pacote com meu presente a Mali, que o abriu com dois rasgões. Segurou a grande vaca de pelúcia na altura dos olhos e olhou-a com curiosidade, aproximou o rosto do da vaca, talvez para cheirá-la, como havia feito comigo, pressionou com o nariz o focinho e a vaca soltou um forte "muuu". A garotinha emitiu um guincho agudo e soltou o brinquedo, espantada.

Eu me sobressaltei, mas Clara e Javier ficaram rígidos, olhando para ela como se temessem que a garota fosse explodir ou pegar fogo do nada. Mas Mali girou a cabeça para me olhar, então se voltou para o brinquedo inofensivo atirado no chão e começou a rir. Suas gargalhadas eram agonizantes, um som que mais lembrava uma criança durante um ataque de asma do que uma feliz. Clara e Javier voltaram a respirar.

Então uma das panelas começou a transbordar água espumando e Javier correu para apagar o fogo. Foi tirando ovos cozidos da panela e esfriando-os debaixo do jorro de água fria. Tirou mais de uma dúzia. Clara tinha pegado a vaca de pelúcia e perguntou algo no ouvido de Mali, que a garota respondeu fazendo que sim com a cabeça.

— Está muito agradecida, de verdade — disse Clara, abraçando a vaca. — Vou guardar e já volto.

Deu meia-volta e saiu, deixando-me sozinha com Javier, que não parava de me olhar e sorrir em silêncio, e com a garota, que começou a comer desesperadamente os ovos cozidos que Javier ia descascando e entregando a ela.

— Vocês estão bem? — perguntei, acima de tudo para romper o silêncio incômodo.

— Mais ou menos — disse ele. — Nos acostumando.

Aí estava, uma típica frase de Clara na boca de Javier. Eles, que sempre haviam conseguido ser dois indivíduos apesar de todos os anos juntos, começavam a falar igual. Mas com ele eu não cairia na armadilha de agir como se houvesse entendido o que queria dizer.

— Se acostumando a quê? — perguntei, e com a cabeça apontei para Mali, que sem prestar atenção em nós continuava acocorada sobre a mesa comendo os ovos como se fossem pipocas, segurando-os com as duas mãos e dando pequenas e rápidas mordiscadas.

— Dê você — disse-me, então, suponho que para desviar o assunto, e me entregou uma jarrinha com leite que antes estava em outra boca do fogão.

— Vai se queimar.

— Está bom assim.

Segurei a jarrinha com um pano de prato e coloquei-a sobre a mesa, a alguns centímetros de Mali. A garota deixou um ovo pela metade e se lançou sobre o leite, bebendo direto da jarra com grandes goles.

— Javier, o que é isso? — disse apontando para a garota.

Ele me olhou nos olhos e percebi que estava confuso, como se realmente não entendesse do que eu estava falando.

Nesse momento, Clara entrou na cozinha.

— Isso é minha filha — ela me disse em tom severo.

Javier olhou para Clara como pedindo desculpas. Mas ela passou depressa entre nós dois e pegou no colo Mali, que se deixou levantar com doçura.

— Vou levá-la pro quarto.

Mali me olhou por cima do ombro de Clara e mostrou a língua.

— Você precisa entendê-la — disse Javier.

Limpou os restos de ovo cozido da mesa, guardou a jarrinha de leite na geladeira e abriu uma garrafa de vinho. Sentei-me de frente para ele, tentando parecer calma, mesmo tendo consciência de que aquele era o momento para lhe arrancar alguma coisa. Quando estava sozinho Javier era mais franco, ou mais vulnerável.

— Temos muito o que conversar — eu disse enquanto ele me passava uma taça.

— Nunca ficamos tanto tempo sem nos ver, né?

— Mais de um ano — eu disse.

— Sim — disse Javier enquanto servia vinho nas taças. — Mais de um ano.

— Não sei nada sobre Bangkok — falei, para começar a testar o terreno. — Não me contaram quase nada esse tempo todo. Nem sequer sabia sobre a Mali até uns dias atrás...

Javier me olhou por cima da taça, surpreso.

— Mas a Clara me disse que você sabia de tudo. Te escrevia o tempo todo — disse.

Fiz que não com a cabeça.

— Então você não sabe de nada?

— Nada.

— E o que está fazendo aqui? — perguntou se levantando de repente, como se eu o houvesse flagrado fazendo algo errado.

— A Clara me telefonou quando chegaram, alguns dias atrás, e me convidou pra vir.

— Quando ela te telefonou?

— Segunda-feira, acho...

— Essa segunda?

Disse que sim, e ele começou a se mexer nervoso, olhando para trás de mim como se procurasse Clara antes de dizer qualquer outra coisa, como se, de repente, eu houvesse me transformado em alguém que pudesse lhe fazer mal. As bocas do fogão continuavam acesas e o leite que fervia numa panela transbordou e apagou uma das chamas. A cozinha logo ficou com cheiro de gás. Javier, feito um adolescente estabanado, em vez de apagar o gás e abrir a janela, preocupou-se antes em tirar a panela do fogo, e assim se queimou com o suporte, soltou a panela no ar e esparramou leite fervendo por todo o chão. Então se preocupou com o leite derramado, enquanto o gás continuava impregnando o ar. Levantei para ajudar, mas ele gritou:

— Eu me viro!

E então sim, conseguiu pôr as coisas na devida ordem. Soltou o pano com que estava limpando, fechou a chave do gás e escancarou as duas janelas da cozinha. O ar esfriou de repente e eu respirei fundo.

Ele estava de joelhos no chão, limpando o leite com um pano. Só conseguia piorar tudo, mas insistia nisso; era evidente que preferia fazer qualquer outra coisa a falar comigo. Nesse momento Clara voltou, viu o que havia acontecido e se agachou ao lado de Javier. Ele desatou a chorar assim que ela chegou perto e Clara o abraçou, acariciando seu cabelo enquanto pedia que se acalmasse. E eu me senti uma intrusa. Alguém incapaz de entender o que estava vendo e que por isso mesmo não era digna de ser testemunha. Javier chorava inconsolavelmente. E Clara agia como se aquela não fosse a primeira vez que Javier se comportava dessa forma. Havia algo de mecânico nos seus gestos de consolo. Como se já não precisasse mais se concentrar no que fazia nem prestar atenção no que estava acontecendo para saber como agir e, em todo caso, saber quando parar.

— Tranquilo. Ela está com o perfume, não sente? — disse me apontando com o olhar. — E funcionou, não é? Ela está segura. Teríamos percebido caso não funcionasse — acrescentou, e piscou um olho para ele, como se tivesse acabado de fazer uma piada.

— Segura do quê? — tentei interromper.

Mas Clara e Javier estavam fora do meu alcance.

— Não disse nada antes porque ela não ia entender

— continuou Clara. — E não te disse nada porque sei como você se preocupa. — O pranto de Javier começou a se parecer mais com soluços isolados; respirava agitado, mas já não havia lágrimas, e Clara aliviou um pouco o abraço. — Se preocupa com nós duas, não é? — Clara estirou uma das mangas da sua camisa para secar a última lágrima dele. — Está tudo bem.

— Mas e se não conseguir? — perguntou Javier.

Clara sorriu com ternura.

— Vai conseguir.

Durante todo esse tempo eu permanecera imóvel na minha cadeira, olhando para eles, como na vez que queimaram o tapete da sala. E, como naquela vez, de repente os dois saíram de onde quer que haviam estado e me olharam como se tivessem acabado de me descobrir.

— Desculpas — eu disse. Mas não sabia por que estava me desculpando.

Clara me fez um sinal com a mão dizendo para não me preocupar e Javier limpou o rosto com o mesmo pano sujo com o qual antes havia esfregado o chão. Sua cara se tornou uma máscara suja e esbranquiçada. Clara o beijou na testa e perguntou se estava melhor. Javier assentiu envergonhado e se ergueu para segurar as mãos dela e ajudá-la a se levantar.

Com Javier mais tranquilo, Clara pareceu encontrar um momento para se dedicar a mim e me convidou a acompanhá-la. Caminhamos em silêncio até a sala. Clara na frente, levando Javier pela mão, e eu alguns passos atrás, em silêncio, porque já não me ocorria nenhuma pergunta que pudesse me ajudar a entender tudo o que tinha visto desde que entrara naquela casa.

— Sente-se — disse Clara enquanto se acomodava no grande sofá de couro.

Sentei-me de frente para ela, numa poltrona pegajosa que cheirava a umidade. Javier se acomodou no chão, de pernas cruzadas, e ficou olhando fixo para mim.

— Você já sabe tudo, não preciso começar do princípio. E o importante, de qualquer modo, é que entenda que nós quisemos isso, que estamos felizes, não é, Javi? — Javier disse que sim com um gesto. — Talvez devêssemos ter pedido ajuda, mas preferimos fazer nós mesmos. Não sabíamos se mais alguém estaria disposto a ir até o fim...

— O fim de quê?

— Tudo tem um limite — então Clara disse , inclinando-se um pouco na minha direção, como se o que estava prestes a me dizer fosse o início de um segredo. — Nós pagamos e já não era justo continuar aceitando isso. E decidimos que já bastava... Sete filhos. Sete. Não estava disposta a dar mais nenhum, entende?

— Mali...

— De muitas formas, fomos nós que arranjamos a Mali — disse Clara. — E de todas essas formas a Mali é nossa filha. Nossa.

— Mas não está certo.

— É um pouco mais complicado que isso — disse Clara.

Essa é a última frase de que me lembro, porque a partir desse momento nada mais fez muito sentido. De repente foi como estar diante de duas Claras, uma que tentava me dizer exatamente o que havia acontecido, o que tinham feito, e outra que fazia o impossível para distraí-la do seu objetivo. Javier não tirava os olhos de mim. Em nenhum momento tentei interrompê-la. Por um lado, pensava que se ficasse em silêncio talvez ela se esquecesse de que estava falando comigo e finalmente dissesse algo concreto, e por outro me fascinavam os subterfúgios, as digressões e os recuos do seu discurso. Até que comecei a me sentir embotada, como se houvessem me hipnotizado. Sentia pesadas as mãos, as pernas, as pálpebras, e uma mancha branca aparecia e desaparecia na minha vista. Ao mesmo tempo, minha náusea tinha passado e de repente comecei a sentir fome, muitíssima fome.

Clara fez uma pausa e aproveitei para pedir algo para comer.

Clara e Javier me olharam surpresos.

— Está com fome? — perguntou Clara.

Eu disse que sim e os dois começaram a rir. Pareciam realmente aliviados. Dois loucos aliviados e felizes.

— Excelente — comemorou Clara. — Isso é excelente.

Fez um sinal para Javier e ele correu até a cozinha. Por um segundo, temi que para aqueles dois a ideia de jantar consistisse num monte de ovos cozidos e um copo de leite.

Mas era pior. Javier apareceu com uma enorme bandeja prateada, das que costumavam usar nas festas imponentes que davam quando eles eram eles. Havia três taças de vinho servidas e uma travessa de porcelana com grandes pedaços de carne quase crua, enrolados em folhas escuras como algas nori. Parecia uma versão desengonçada de sushi de carne. Javier deixou a bandeja na mesa de centro e Clara distribuiu as taças e propôs um brinde.

— A Mali — disse.

Àquela altura, eu só pensava em ir embora, em sair daquela casa e deixá-los para trás para poder ficar sozinha e chorar pelos meus amigos. Clara me ofereceu um dos quitutes. Embora eu preferisse não tocar naquilo, os dois ficaram me olhando e não tive opção. Afinal de contas, se esse era o preço que precisava pagar para acabar com tudo, estava disposta a aguentar. Enfiei a carne na boca e comecei a mastigar. A cada mordida, a carne soltava sangue e a coisa verde (que não eram algas) largava um suco amargo que encheu meus olhos de lágrimas. Voltaram as náuseas.

— Engula — disse Clara impaciente.

Tomei um grande gole de vinho (que estava avinagrado) e engoli tudo aquilo entre ânsias de vômito. Clara e Javier voltaram a sorrir, até aplaudiram, e pensei "chega". Quis me levantar, mas me senti fraca, tinha palpitações e minhas costas estavam encharcadas de suor, como se estivesse prestes a desmaiar. Minha vista anuviou, mas consegui ver a cara de Clara, que havia se colocado à minha frente e acariciava minha testa.

— Está vendo? — escutei que ela dizia a Javier. — Já aconteceu, ela está fora...

***

Não sei quanto tempo fiquei apagada. Mas, quando acordei, estava sozinha. Haviam me recostado no sofá e me coberto com uma manta. Tinha uma forte dor de cabeça e sentia uma ardência na boca, na garganta, no estômago. Haviam colocado aos meus pés minha mochila, onde estavam minha carteira e as chaves do carro, embora, quando cheguei, Clara a houvesse deixado não sei onde. Chamei Clara e Javier, e ninguém respondeu. O térreo estava em silêncio, mas ouviam-se vozes no segundo andar. Agora a casa estava na penumbra. Só havia ficado acesa a luz da cozinha, que mal bastava para iluminar um pedaço da sala de estar, e pelas cortinas fechadas se embrenhava a luz da rua. Olhei as horas. Três da manhã. Endireitei-me devagar, estava muito enjoada, e caminhei até o pé da escada.

— Clara! — gritei. — Clara! Javier! — gritei mais forte.

Respirei fundo e comecei a subir, tateando cada degrau com os pés. No andar de cima também estava tudo escuro, exceto por uma luz tênue que palpitava num dos últimos cômodos. Avancei pelo corredor em silêncio. Espiei para dentro do último cômodo e ali estavam: Clara, Javier e Mali sentados no chão. Ao fundo havia uma grande cesta feita de taquaras de bambu e o chão estava coberto por um espesso tapete verde que me fez pensar num jardim artificial.

Mali estava de cócoras, segurando com as duas mãos um dos pequenos peitos de Clara com os dentes cravados na carne. Sugava com força. Clara ergueu a cabeça para me olhar e sorriu com doçura, como seu eu houvesse acabado de flagrá-la amamentando um recém-nascido. Acariciava o cabelo de Javier, que estava com a cabeça apoiada no seu colo e dormia com o semblante relaxado e a respiração serena das crianças.

Havia algo na luz, na forma como recaía sobre o rosto dos três, que me fez deixar de lado o espanto, a repulsa, e me causou certa emoção. Eram iguais. Os três. Ou versões de um mesmo ser.

Clara parou de acariciar Javier e estendeu a mesma mão para pedir que eu me aproximasse. Eu estava tremendo. Caminhei devagar até ficar ao lado dela. Mali mal ergueu a vista para me olhar. Clara murmurou algo para ela e Mali voltou a se concentrar no que fazia.

— Eu te adoro — Clara me disse num sussurro —, mas você precisa ir.

— O que vocês fizeram? — perguntei, embora já não me importasse tanto com as respostas. Tinha vontade de levá-la arrastada dali ou também me aconchegar no seu colo e chorar.

Clara sorriu.

— Me desculpe por ter feito você vir, mas precisava que você a conhecesse, que me visse. Me desculpe por tudo, mas fique tranquila, pois tomei cuidado e você ficará bem.

Não vai te seguir, nem nós. Isso não tem nada a ver com ninguém, não fizemos nada contra ninguém. Quero que saiba disso.

Por um segundo, tentei pensar em mais alguma coisa para dizer, mas em seguida senti que o melhor era fazer o que sempre fizera com ela: agir como se tivesse entendido tudo.

— Você não pode falar sobre isso com ninguém, nem dizer pra ninguém que nós voltamos. E não pode voltar nunca mais — me disse.

Mali voltou a olhar fixo para mim. Sem parar de sugar, começou a contrair o nariz como se estivesse me farejando outra vez, como se houvesse esquecido que já havíamos passado por isso e estivesse começando tudo de novo. Clara viu e me disse:

— Vá.

E, como eu não reagia, gritou:

— Agora!